西域留痕

刘亚博 主编

群言出版社
QUNYAN PRESS
·北 京·

图书在版编目（CIP）数据

西域留痕/ 刘亚博主编. -- 北京 ：群言出版社，2020.11

ISBN 978-7-5193-0613-7

Ⅰ. ①西… Ⅱ. ①刘… Ⅲ. ①诗集—中国—当代 Ⅳ. ①I227

中国版本图书馆 CIP 数据核字（2020）第 217390 号

责任编辑：杨　青
封面设计：品诚文化

出版发行：群言出版社
地　　址：北京市东城区东厂胡同北巷 1 号（100006）
网　　址：www. qypublish. com（官网书城）
电子信箱：qunyancbs@126. com
联系电话：010－65267783　65263836
经　　销：全国新华书店

印　　刷：四川科德彩色数码科技有限公司
版　　次：2020 年 11 月第 1 版　2020 年 11 月第 1 次印刷
开　　本：880mm × 1230mm　32 开
印　　张：8. 25
字　　数：165 千字
书　　号：ISBN 978-7-5193-0613-7
定　　价：59. 00 元

出版说明

2019年夏秋之际，由河南省诗歌学会和新疆天基水泥有限公司共同组织，在新疆大剧院及鸿都大酒店友情支持下，成功举办了一场河南诗人及摄影家新疆采风活动。此活动大体上分了两个季节性阶段，进行了多次性、分批次的采风。

参与诗人有河南省诗歌学会部分成员和部分河南援疆干部，还有部分援疆企业及热爱新疆的诗人、作家。

参与摄影家有中国老年摄影家协会会员陈根增先生等。

活动取得了圆满成功。为了纪念此次活动，在河南省诗歌学会会长张鲜明先生的提议下，特出版此诗集，以让更多读者了解新疆、走进新疆、热爱新疆。

刘亚博

2020年11月

前　言

一切都从美丽的西域开始。

诗人和艺术家们带着他们火一般的热情，去拥抱这片土地。

大家在这里看到了更加美丽、富饶的西域和更加幸福的西域各族人民以及他们脸上灿烂的笑容。

他们用相机和诗歌将自己的所见、所思、所感记录下来，这就成了《西域留痕》。

人类历史的长河是那么悠长，关于西域的痕迹，希望可以留得更久一些。

刘亚博

2019 年 10 月

题

刘亚博[1]

西域是个梦
日夜缠绕着灵魂的梦

这一天
来了
那天
东方的天空
紫气蕴藉

我在西域的大地
仰天长望
我想
除了鲜花
还有美景
而美酒却被亲人醉了

西域的舞鞋
才跳出来了惹人的舞姿

---

① 刘亚博，1977年出生于河南灵宝县焦村乡，印象派画家、诗人、摄影人。1992年开始发表诗歌、绘画及摄影作品，出版有《小兔子找爸爸》《纪念梵高》《汤姆的家园》《天籁之音》等作品。

西域的冬不拉
才叽叽哇哇得那么快乐
西域的故事
这才慢慢开始

梦驼铃　　　　陈根增/摄

目　录

CONTENTS

·作品按姓氏笔画排序·

第1篇 Chapter

千回西域

陈根增/摄

西域
是一段往事
千百年的故事
常常在梦中上演

陈根增/摄

一起一落

邓万鹏

移动　银色的飞机
翘起　它正在摩擦
就要脱离的地面
所有人扣紧腰带　坐着
爬陡峭的空气之山
低语与轻微骚动
黑头发的脸全都向后仰

从朝霞到晚霞
机械的力量不会停息

过道狭窄　空姐的推车
几乎擦到我的座椅

端来咖啡　葡萄干
让我想起阿孜古丽
热依汗　那些早已远逝
又猛然返回的时光
校园　春天的运动会
转动着青草的舞台
辫子飞起　绣花小帽

旋转　那平时藏起来的
别人看不见的小帽
时间与飞行比什么都快

交替的事物混合　分开
从清晰回到模糊
矮下去的楼　街道
一只鹰在下降中盘旋
一头扎进地窝堡
飞机场变得更加幽暗
新疆大剧院　黄色的
拱顶　有如压弯的月亮
而我还在琢磨地窝堡
我喜欢这个带点土气的词

航拍雪山　　陈根增/摄

雪山与草原　　陈根增/摄

千回西域

刘亚博

西域
是一段往事
千百年的故事
常常在梦中上演

这一天
我用粗糙的手
轻轻地推开了一扇门
这用胡杨做的大门
印证着那些千年的沧桑

轻轻地
跨越过那沙丘般的门槛
我看到了绿洲
和胡杨
我听到了
驼铃
和那遥远的地方刮来的风

大唐的西域
千百年的梦
繁华尽现

寻　找

刘亚博

我的宝马
和遥远的牧场
那么英俊

歌声和汗水
那么率真

自信的白马
还有王子
寻找梦里的情人

在
那片草原
那片河谷和戈壁
那片湖泊和蓝天
那片微笑里
微笑的晶莹里
晶莹的剔透里
剔透的记忆里
那么多情

梦中的白马　　陈根增/摄

黄金丝路　　陈根增/摄

驼　铃

刘亚博

一阵黄沙
覆盖了
千年的情缘
一路驼铃
摇醒了
不断远去的往事

那记忆
远了
远了
那记忆

久违了的时空
还有黄昏的驼铃

西域
是个梦
在心里

白　马

刘亚博

那片河谷
流淌着伊犁河的斑斓
那片绿洲
留下了你自由的足迹

轻轻地
抚摸着你的长发
白马啊
你的眼睛
那么的深邃
白马啊
你的眼神
那么的多情
像那
伊犁河谷的阳光
那么灿烂
像那
伊犁河的流水
那么清澈
像那
故事里的光影
那么自由

眸　　　　陈根增/摄

寻找回忆

刘亚博

有个故事
它那么遥远
那么遥远

沙子
黄色的沙子和风
和你的长发
和那泪痕
和一起漾起的笑靥

让黄昏的炊烟
燃烧
骏马自由地奔跑
这个古城的夕阳
如此绚丽
如此宁静

故事
也许就是过去了的记忆
试图在寻找

但
寻找
这寻找始终逃不出回忆

回忆里
那个黄昏
那只是个序幕
序幕里那卡其色的往事

母子情深　　陈根增/摄

草原上的山岚　　陈根增/摄

大西北

李秀荣

我坐在列车里
窗外
流动的荒漠上
点缀着一簇簇滚草
风起而动
风止而生

广袤与神奇的未知
草原与雪山的共映
让思绪遐想入微

今生的路上
偶然的邂逅
与您
相识、相知和相爱

追　寻

杨建民

紫气东来时，
吾辈恨晚生。
青牛去何处，
昆仑隐仙境。

愿为王母客，
欣然寻迹行。
西出尽剩欲，
东归酣盛情。

空中大草原　　陈根增/摄

日出　　　　陈根增/摄

追　日

海　盈

乘大鹏
驭长风十万里
向着太阳飞去

彩虹一直在前
七彩美丽
有时似在身边
有祥云缭绕

太阳　总是不落
追日的感觉
真好

秋　山

海　盈

恍若漫步月球
巍峨交叠的峰峦
粗犷雄浑苍凉
壮丽的荒芜
惊心，震撼

北疆之秋　　　陈根增/摄

第2篇 Chapter

天池印象

陈根増/摄

草地
和蓝天
羊群
和牧羊人
雄鹰
和雪山
瑶池
和雪莲
你
和我

陈根增/摄

雪峰日出

孔祥敬[1]

圣洁
高耸
穿过起伏的雪线
把待哺的
浑圆的婴儿
举高　如一团
饥渴的
灵魂

云在抚摸
雾的亲吻
冷空气的吮吸
鲜亮的肌肤

晶亮　晶亮
赤红的脚

① 孔祥敬，1954年5月生，河南省邓州市人，郑州大学中文系毕业，中国作家协会会员、编审，河南省诗歌学会名誉会长。1981年开始发表作品，著有《当代河南将领传》《找党》《寻梦》《追梦》《灵魂鸟》《汉风楚韵》等。曾荣获河南省“五个一工程”图书奖、河南省文学艺术优秀成果奖、河南省优秀图书一等奖、河南省电视文艺“牡丹奖”一等奖、河南省人民政府实用科学一等奖、中原诗歌突出贡献奖等。

随意踢踏
一个旺盛的印记

深呼吸
咽下冷空气
伸张你的神力

撑断雪线的绳索
一路奔跑如缪斯
去怒放一万朵
天山睡莲

牧羊人　　陈根增/摄

天池　　　　陈根增/摄

天　池

孔祥敬

博格达峰
翻了个身
一下子倒入了
瑶池的怀中

而发烫的石头
在大草甸上流汗
云杉伸展墨绿之臂
展示风姿
揽不住鹰的黑翅

入夜，修道人挂在
松树上的天灯
闪烁其词

吃过王母娘娘蟠桃
见过孙大圣天宫
撞过铁瓦寺的钟
很多怪兽的眼睛
在夜里狰狞

又一个下午
阳光斜射进峡谷
树拽住腰带

一根拐棍敲击山脊
蹬，蹬
蹬啊，蹬

寻觅　　陈根增/摄

七律·天池

杨建民[①]

钧天破许人间赏
玉容含羞曲径藏
雪峰列班彩霞醉
雨松护卫风影香
碧眸一盼娇千状
滟波数荡散百芳
风情仙意两相谐
江南漠北总甘让

① 杨建民，河南灵宝人，三门峡华中锂业有限公司董事长。

天山天池

海　盈[1]

在山之巅
群峰护卫
静默亿年

少女般烂漫
美丽楚楚
超然无尘
如梦　如幻

陈根增/摄

---

① 海盈，本名马海盈，河南宝丰县人，中国诗歌学会会员、河南省作家协会会员。出版诗集《且行且歌》《时间的河流》。

第3篇 Chapter

寻找大西洋的最后一滴泪

陈根增/摄

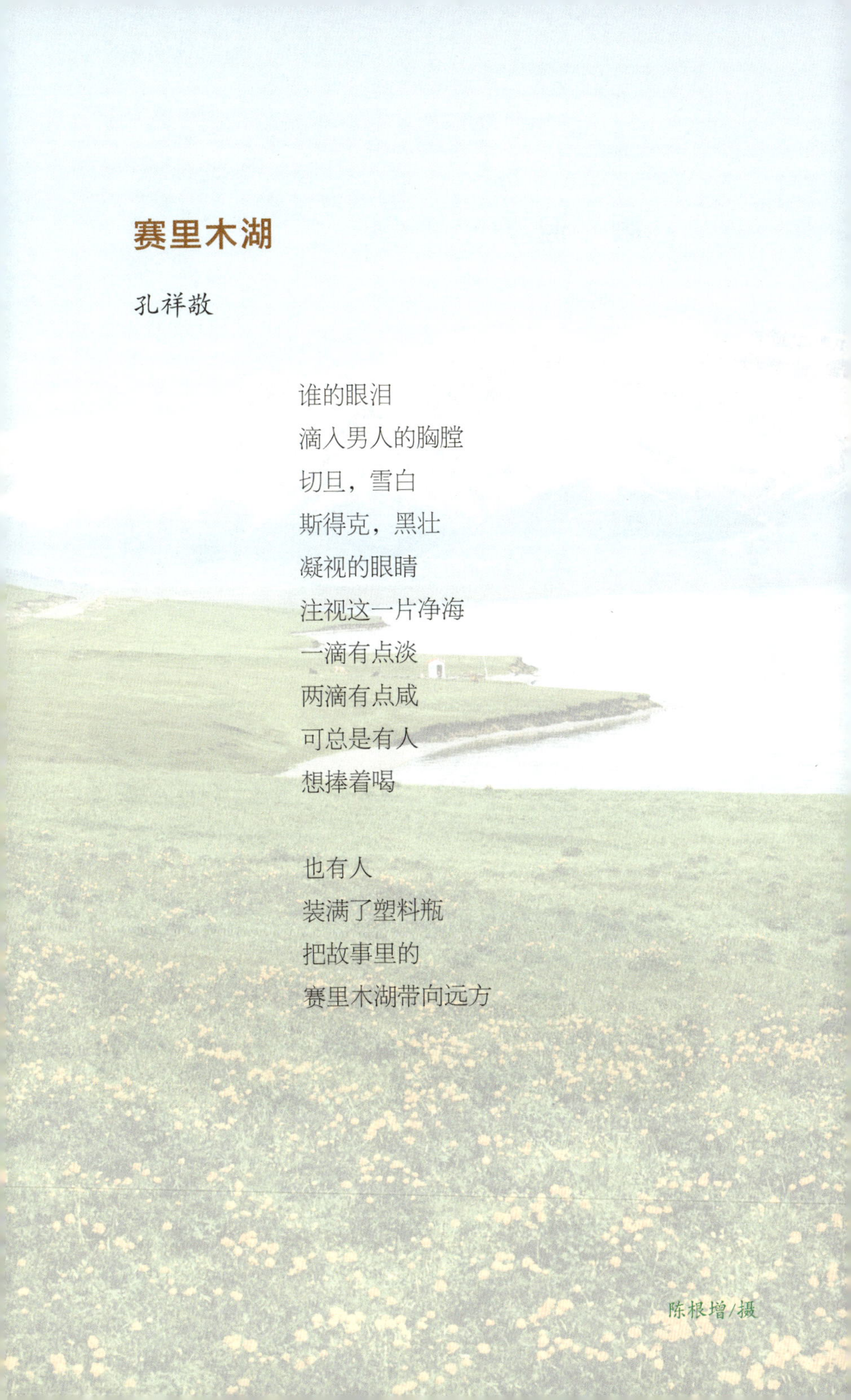

赛里木湖

孔祥敬

谁的眼泪
滴入男人的胸膛
切旦，雪白
斯得克，黑壮
凝视的眼睛
注视这一片净海
一滴有点淡
两滴有点咸
可总是有人
想捧着喝

也有人
装满了塑料瓶
把故事里的
赛里木湖带向远方

陈根增/摄

眼　泪

刘亚博

斑斓的湖面
望眼欲穿

我知道
这是你最后的一滴泪

读你的泪珠
如读往事

读往事
如回故城

故城里
秋雨绵绵

湖畔　　　　陈根增/摄

霞光　　陈根增/摄

飞蛾与音乐

刘亚博

一个人的旅途
是音乐的伴侣

亚欧大陆桥的
东边是夏天
西边是冬天

而音乐从来不在乎这个旅途的远方
而音乐也从来不在乎车里睫毛下的雨
和外面的风

刺白的灯光和深沉的动力
和音乐一样强劲却又深邃

群山在身后
故事也在身后
那些风花雪月却在眼前

音乐那么美
而飞蛾
却像雪花一样涌来
却又强有力地碰撞在这晶莹的玻璃上
一只又一只
他都来不及记住它们的名字

飞蛾和音乐
飞蛾扑火
本以为精灵的世界里也懂音乐的泪
本以为飞蛾扑火是古人猿的夜
本以为飞蛾与音乐的舞会很浪漫

才知道飞蛾的浪漫是
寻找一生只有一次的浪漫
用自己的身体给音乐绘画一片灿烂的花园

他
在玻璃的背后
看着
它们的爱情
泪如潮水

远山　　陈根增/摄

赛里木湖

萍　子①

午后来到赛里木湖畔
湖水灰白　温柔
偶尔泛出一抹深蓝
像迟暮老人微笑的眼

在湖边濯足
垂首　看见水中的远

倏然抬头　望云
扶住内心的慌乱

清晨离开的时候
湖面蒙着一层轻纱
西天净海
婴儿般　一尘不染

① 萍子，本名张爱萍，女，河南临颍人。中国作家协会会员，河南省诗歌学会副会长、秘书长，省直文联副主席，省文学院专业作家。出版过《纯净的火焰》《萍子观水》《此时花开》《我的二十四节气》《萍子诗歌100首》《中原颂——萍子朗诵诗集》《岁月花语》《大地之华》等诗集、散文集多部。曾获河南省文学艺术优秀成果奖、中原诗歌突出贡献奖。

拍摄者　　　　　　陈根增/摄

Chapter 第4篇

伊犁河谷

陈根增/摄

你也许认为孤独
像那匹白马
或者像那片海
那片草

陈根增/摄

戈壁与人

邓万鹏[1]

在没有人烟的地方
他们落下脚
被空旷绊一下
腿麻了　让我伸个腰
站在天底下真好
变成小矮子
呼叫　乱跑　三个人
喊两个人
身后
戈壁还在升高
肩膀头上的太阳
降低不老少
咬着耳朵　天啊

从没像现在这样
盖住大地
天地间
五个人看到了
四个好朋友的小
低头　来回跳着找
横着　走着　斜着
穿插　你的宝石
何时遗落在人世？
拾起　扔掉　拾起
挑啊挑　好与更好
一条发白的路
与太阳一起燃烧

① 邓万鹏，当代诗人。1977年考入东北师范大学中文系，1982年毕业。1985年入河南，长期从事媒体工作，中国作家协会会员。

1976年8月在《吉林文艺》发表处女作，并陆续在相关报刊发表作品。20世纪80年代后，诗风开始趋于冷峻凝重，这期间的诗散见《诗刊》《人民文学》《人民日报·大地副刊》《解放军报·长征副刊》《星星诗刊》《绿风诗刊》《萌芽》《诗人》《诗神》《作家》《奔流》《火花》《河北文学》《福建文学》《大西南文学》《鸭绿江》《草原》《诗歌报》，以及中国台湾《创世纪》《笠》、中国香港《诗歌双月刊》、日本《火锅子》《亚洲诗坛》、美国《新大陆》等诗刊。著有《时光插图》《走向黄河》《冷爱》《不敢说谎》等诗集、散文集十余本。

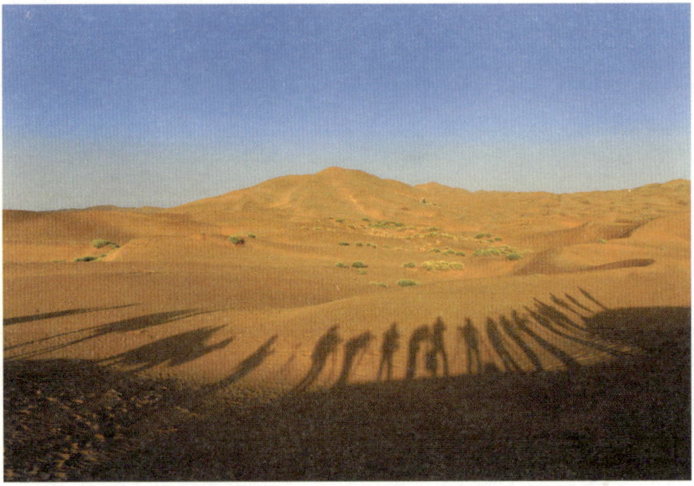

奇迹　　　　　陈根增/摄

伊犁河谷

刘亚博

你也许认为孤独
像那匹白马
或者像那片海
那片草

酒窖
在把那片红云里酝酿

从此
不再把孤独挂在心里
从此
我将开心地嗅觉风吹来的每一味气息
那是我的故事
不知什么时候
它已出窖
除了晶莹
便是芬芳

早安　　　　陈根增/摄

月　光

李秀荣[①]

月光啊
留一影归乡的路
照一抹远方的景
我要赶往远方
远方流淌美好的梦
远方是我征途的路

我愿为你守候
无论风雨如何
我愿为你守候

---

① 李秀荣，1946年出生于豫西灵宝，作品多取材于田间地头、草舍及庭院。

湖镜　　　　陈根增/摄

伊犁河谷

耿占春[1]

伊犁河谷，一小群马
在河水漫流的沙洲
大片沙枣树荫的尽头
七八匹枣红马，晃着尾巴
在闪着粼光的河边饮水
等待一匹小马嬉戏
伊犁河向西，从马群

① 耿占春，河南大学教授、大理大学文艺评论基地教授、文学批评家。20世纪80年代以来主要从事诗学研究和文学批评，主要著作有《隐喻》《观察者的幻象》《叙事虚构》《失去象征的世界》《沙上的卜辞》等，另有思想随笔和诗歌作品若干。

身边分叉，朝着数条支流
它不再是军马，不再卷入
残酷的战争，马群回归
草场，就像在沙枣树丛
分叉的河，在沙洲之后
再次合流。伊犁河谷的马
对善战没有嗜好。游牧民
不再发动狩猎式的战争
信息工业族已成为新死神
一小群枣红马，安详的风景
危机四伏，在伊犁河谷

苏木拜河

耿占春

苏木拜河，安静地流淌
生长着香紫苏的土地变成领土
居住即为驻防。在格登山下

一个哨兵，挺立空中哨所
无论风从哪边吹拂，他的衣角
都卷向后方，木质哨兵

是一个符号，在昭苏草原的
风雨中，苏木拜河的边疆
语法，显示了人类意识的喜剧

驻守、驻防与瞭望的功能
被转移至符号的能指
语义的欢乐。一道门封锁着

河上的木桥，哈萨克小镇
升起黄昏的炊烟，在同一片
气象云笼罩下风雨交加，桥

与门，将在鲜花盛放时打开
一只鸟飞越虚构的边境，流淌的
苏木拜，不知乌孙与哈萨克

陈根增/摄

伊犁河谷的白马　　　　刘亚博/摄

Chapter 第5篇

那拉提牧歌

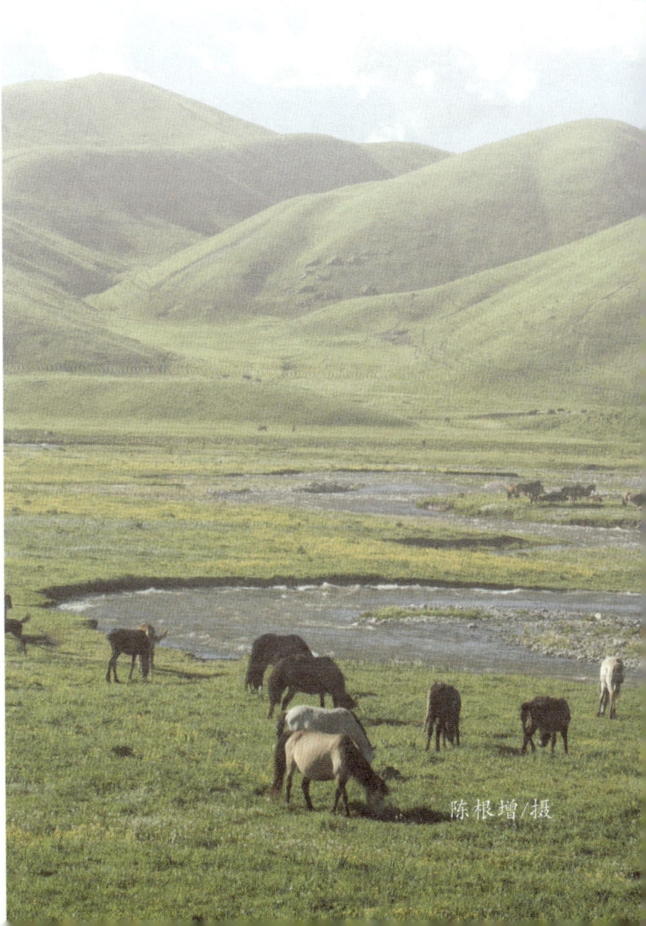

陈根增/摄

七月，那拉提
牧歌声远了
毡房外
蓝的裙子和黄的纱巾
绕过漫不经心的
一缕紫烟

陈根增/摄

那拉提草原　　陈根增/摄

七月，那拉提

孔祥敬

花，搂住了太阳
草，抱紧了月光
那些远离红尘的根
连接起来，用力向下
再暗暗使劲
踮起脚尖

托起满目天山
半空星辰
在冰融的峡谷
流过野百合　郁金香　虞美人
风绕云树
抚摸薰衣草和野罂粟
像铺好的婚床
少年加鞭
叼起飞羊
一个勇士骑马
去追赶雄鹰

七月，那拉提
牧歌声远了
毡房外
蓝的裙子和黄的纱巾
绕过漫不经心的
一缕紫烟

那拉提草原

邓万鹏

1

七月的黄昏　八月的傍晚　滴着蜜
马群的夕阳　涉过激流
每只蜜蜂都粘了一身的盛宴

雪山站在那里　像遗世的哲人
慈祥　安静　有耐心
从一滴水突破　培养巩乃斯

河流弓着地图的弧　翻滚白浪
到处夹杂和田玉的细碎的回声
用爱撞击石卵　肿胀的河滩
草场铺开　扩大天边的圆圈
编织花毯王国　错落的
毡包在远方　紧贴草浪的呼吸

2

起身　你这青草的君王
一大早就追赶天边
绿浪　给你的袍子和马插上翅膀
在身后留下毡房　女人和饭锅
到处是沼泽　露水
高筒靴的花边湿了还干

雪山下的马儿　　陈根增/摄

毡包一整天敞开着
吸收天风　斜射的强光
猎狗摇着尾巴　转悠
嗅冰草的阴影或是一朵花
小男孩在马背上
站立　他喜欢手机对着他拍
耿先生像个老记者
眼睛有点不够用　对小姑娘
发问　她的脸羞红
似乎想躲　但也不是真躲
依紧小哥哥巴乌尔肩头
来回晃　掰着手指头
新学年临近了　好快
这个过于短暂的草叶假期

奶茶滚了　铁皮烟囱吐着轻烟
阿姆的旧围裙飘来荡去
她似乎听见阿西努尔的马
走在回路上　猛想起馕和盘子

宝　马

刘亚博

我陪你寻找你的宝马
在千年之前的伊犁河谷
它的名字叫汗血宝马
听说在美丽的天山脚下

在巅峰的背后
看到了迷人的牧场
我说前面就是你梦中的地方
你说梦中的地方能看到美丽的日落

陪你寻找你的宝马
我已在西域等了你千年
它的名字叫阿哈尔捷金马
听说在巍峨的雪山下

翻越美丽的果子沟
看到了一望无际的花海
我说前面就是梦中的地方
你说梦中的地方还有片蓝色的大海

再也看不见

警戒的马群　　陈根增/摄

你梦中的宝马
在美丽的伊犁河谷

再也找不到
你梦中的宝马
在那拉提的大草原

汗已流完
如血的汗已流完
而你
找到的只是草原上的一滴泪
而你
从未明白
而你
从未能明白
那滴泪的世界里
有那么一片宁静的草原
那里有一匹英俊的宝马

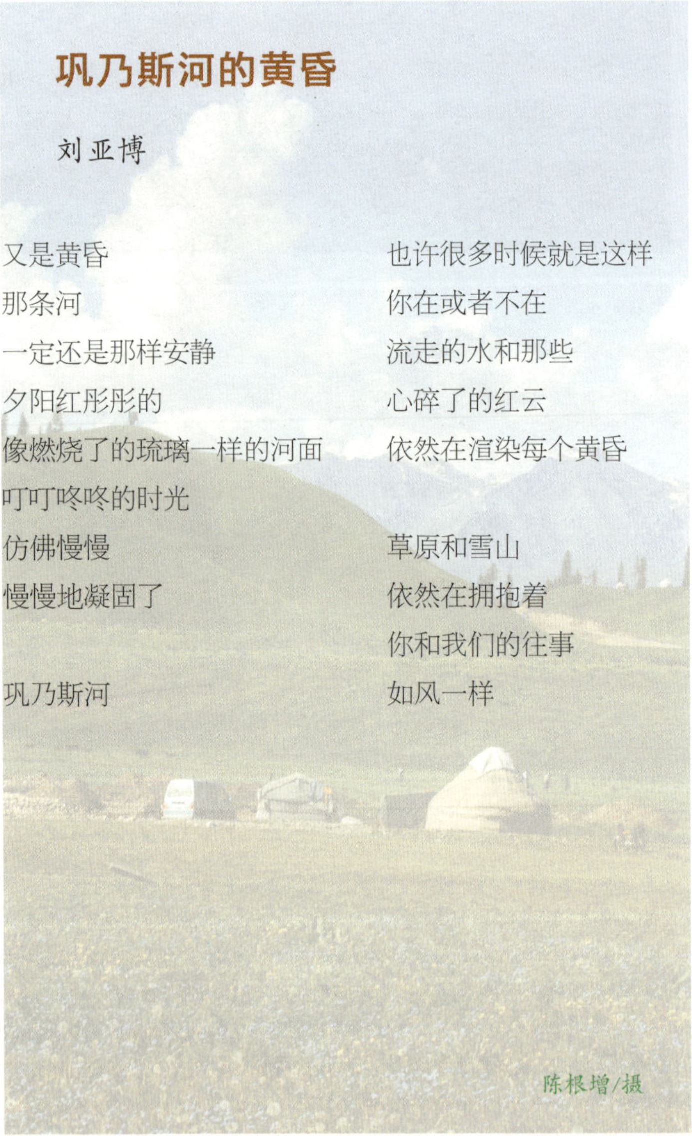

巩乃斯河的黄昏

刘亚博

又是黄昏
那条河
一定还是那样安静
夕阳红彤彤的
像燃烧了的琉璃一样的河面
叮叮咚咚的时光
仿佛慢慢
慢慢地凝固了

巩乃斯河
也许很多时候就是这样
你在或者不在
流走的水和那些
心碎了的红云
依然在渲染每个黄昏

草原和雪山
依然在拥抱着
你和我们的往事
如风一样

陈根增/摄

云中牧场　　　　陈根增/摄

云中牧场

耿占春

哈萨克人的毡房周围
淡淡炊烟混合着草场的清香
松林之上，下午的光照
连绵雪峰如超验意识的闪烁
峡谷间的树和愈来愈长的日影
漂移着漫游者无意识的轮廓
除了年轻，哈萨克牧人欲言又止
一切都过于完美
对漫游者，这是一个下午的风景

游牧人已将它延续了多少世纪
一只无形之手，总是一再地
朝着与世俗和解的方向
调整他们早年桀骜的心志
偏离高原冰川，从游牧向定居
灰暗的院落有了暴雪中的灯盏
却熄灭了毡房上瑟瑟颤抖的群星
此刻是暂短的回归，站在
可见性的极限，聆听万物的挽歌

那拉提草原

海　盈

天风九万里
吹来仙界花园

宽阔的伊犁河谷
小麦青青菜花黄黄
棉絮般的白云
浮在天山雪峰之巅
飘动的伊犁河流
蜿蜒灵动源远流长
人神共织的大地
彰显“中亚绿洲”青葱
洁白的羊群、毡房
花儿般绽放在万亩草场
美丽的伊犁河谷
牛羊乐土、天马故乡
蓝天丽日下
碧草共青山一色
白云并花香飘扬

那拉提草原
丝绸之路上美丽的蝴蝶结

那拉提草原

希望和梦想开花的地方

牧民人家　　　　陈根增/摄

光束下的草原　　　　陈根增/摄

神光照耀草原

萍　子

云帷高挂
遮一片清爽凉荫
开满鲜花的草原
芳草萋萋　溪流潺潺

一束光
从云间倾泻而下
巨大的光幕
照耀那拉提草原

我屏息伫立
看天地之大美
在空中花园上演
想要奔跑欢呼
却入定般
哑口无言

教诲　　　　陈根增/摄

第6篇

Chapter

巴音布鲁克

陈根增/摄

有时
蓝天比草地宽广
有时
草地比蓝天广阔

陈根增/摄

巴音布鲁克河　　陈根增/摄

过天山

孔祥敬

从那拉提出发
你可以把车想象为
一支神箭

拉开巴音布鲁克之弓
射向开都河对岸
一片绿绸子
绣上吃草的牛
悠闲而自在

几匹饮醉的马
甩动尾巴
驱赶清风吹嘘的绿浪
一支箭
射过风吹雪
落在巴音郭楞的毡房

地标，很野性
时光揉碎的卵石
大戈壁赤裸
与灵魂结缘

睁开眼
雅丹地貌藏着魔鬼
天使
在苍穹漂移

蓝色、绿色、白色、黑色
幻灭幻出

箭，拐着弯
俯仰回旋
竭尽洪荒之力
射穿靶心
钻进故城龟兹

巴音布鲁克大草原　　陈根增/摄

巴音布鲁克

刘亚博

有一种天空
那么绿
还有穿越而过的
天河
那么蓝

而湖面
如同蓝天一样
漂浮着云朵
那么无边无际

巴音布鲁克就是这样
有时
蓝天比草地宽广
有时
草地比蓝天广阔

天鹅湖

刘亚博

没有了
公主奥杰塔
王子齐格费里德
湖面静的就像刚刚平静下来

只留下
寻找灵魂的天鹅
草原和湖
那么寂静
除了它们的鸣叫声

天鹅湖　　陈根增/摄

第7篇

Chapter

天基·阿克苏

陈根增/摄

其实

隔着高脚杯

你的脸

就是一枚熟透的红枣

陈根增/摄

舞者　　陈根增/摄

龟兹，最后一个王妃

孔祥敬

塔里木河
送走屈支、丘兹、屈茨、屈先
留下
苏巴什城
克孜尔千佛洞
库车王府

最后一个王妃躲在帘后
期待 30 元的小费
与游客合影

摄像机
伸长脖子
像贼
机灵地藏在门缝

掀开眼帘的一瞬
咔嚓，咔嚓，咔嚓
王妃悄然入镜

托木尔大峡谷

孔祥敬

阿克苏
每天解读自己的
今生前世
用速度搬运泥沙

滩地一片沉寂
流量的河口
冲积扇子
和三角洲
天然的大堤

红崖赤壁
大自然的子宫
孕育着生命

石柱从峡谷陡然
勃起　羞涩离开大风

托木尔的主人
黄耆合头草
盐爪爪针茅裸果木
踩着人类迟到的脚步

它们大声说：
“我们是荒凉的美人！”

托木尔大峡谷　陈根增/摄

天山神木园

孔祥敬

1

一阵风
把尘埃吹进大树的耳朵
来年长出
另一种树

它们开始对话
我来自何处
为什么和你长在一起

风刮着秘密
奔跑而去

2

那倒下的一株
如牛蛙出池
跨越千秋

睁大的双眼
望着我的手机
为它拍一张卧姿

3

一棵蜡姓
傲雪绽放红萼
一棵榆姓
春风吹开白雪

它们拥抱了 1200 年
不说金婚、银婚
只说千年恩爱一回

4

马头
天下第一犁
是神木园的主人

它们累死了
仍然昂起头

撑住弯曲的脊椎
对游客说
我是我们的骨魂

5

龙
一条卧龙
以 500 年撑大的喉咙

对天长啸
一点也不沙哑
一点也不苍老
真龙
不仅会长啸
更要腾空

岁月的年轮　　　　陈根增/摄

刀郎部落

孔祥敬

头戴小花帽
倒骑小毛驴
跟随阿凡提“老师”或“先生”

朝拜图腾的祭坛
石块　骨头　木刻
草扎兽皮毛编的圣物
祭献开始于恐惧

祖神　狼神　火神　风神　树神
诸神隐匿
伸出根系之手
营造部落

我的家，我的圆圈
我们的中心
点燃篝火
红柳棍穿起的羊肉

围起来的墙
榨油坊　磨面坊　铁匠铺
土陶　木器　作坊
打开门窗

刀郎部落　　陈根增/摄

香气四溢火气蒸腾
举起大锤
砸出一连串铿锵
久违的味道

杏园　枣园　桑葚园
葫芦、葡萄长廊
斗鸡　赛马　叼羊
拴紧目光
狼穿上靴子
拯救孤独

鞭子高悬的门已甩响
雄性之嗓
一条小路通往远方
让梦去流浪
家在身后张望

温宿大峡谷得句

邓万鹏

1

你落脚的这一刻　我只有一句感叹
在中国　甚至在全世界
所有的大峡谷　都不过是小峡谷
唯一的路　是流沙集合
洪水修建一万年　洪水不是软刀子
劈开大地　展览球体的红色内部
峭立的两侧　直抵云天　啊　太阳
你这微笑的老滑头　　我们怎么也够不着
你的肥皂泡　一群可怜的小矮人
而托木尔雪峰在某个方向炫耀积雪
视力受阻　我们只有继续往里走
谢谢你这改装的汽车　否则谁都进不来

2

风吹高楼　风吹这么高的高楼
需要多少秋天　多少春天　从这边到对面
建筑超级幻城　用多少雷电　砸下大雨
空虚的无房户领着自己的傻孩子
一心往里跑　却被红土的砂石撞歪鼻子
门框的意识形态嘲笑了红泥屋檐

到底是人类抄袭了大自然的构想
还是大自然模仿了人类的意念　在这里
只有感叹　发呆　像来到错误的月球
只能转身回去　带回无人区的神秘
沿着洪水留出的干道　返回多少万年
我们随着沙子移动　汇入蒸发的流沙河

3

你手指的地方是一座古堡
你犯错误的同时我却认为
你没有错
它就在那个直抵天边的坡上
铺开一小片欧洲　恍惚的建筑　屋檐　圆顶
教堂　维多利亚的风
但是我还是错了
这里毕竟是阿克苏
毕竟是视觉和意识的假装组合
用你的好眼力到处去寻求或辨认吧
为了保留　并且记住
奇异的西域　这又黄又红的奇迹
仅仅是一个出色的峡谷
这一段大自然弄混的魔术　我们转过身
而身后的形态　竟是另一个山城　仿佛重庆

4

是的　不搭乘那辆改装的汽车
你们谁也别想进来

科罗拉多的石头
怎比眼前这长颈鹿的长颈
顶破了天　但你看到的仅仅是脖子
昂起的红色鹿皮　劈开天风
昂立十万年或更久　至于身体
长腿上的缎子　肚皮　你们看不见

我也说不出　那只属于情人谷的秘密

5

我怎么能平息这样的瞬间
这旅游带来的恐惧
我被卡在这条红色大裂缝里
好朋友一转身就不见了
不能停　我必须追上你
只有侧着身子才能挤过去
这也是路？等等我
张——宝——松——
喊出你　我才会安稳
只有你的名字能填满我
瞬间的、涌现的恐惧和虚空

6

天山下来的天风　带着多少年
多少年的大雨点
搅动山洪　翻天的反响

从白垩纪就开始了　对应的
浮雕保留着地裂的密件
人影不是鬼影
游鱼在红石上被困住
风雨依旧　用月月刀锋　年年刀锋
剖开地球　留下某些不确定性
折叠又打开　时间竖起自身的形态

库都鲁克大峡谷的胡杨　　陈根增/摄

天基公司办公大楼　　　　陈根增/摄

天山之基

——给陈红举和他的团队

邓万鹏

在厂区的路上　他走着　每一步都踩着
一种很强的反弹能力　好像一边走一边说
更适合他对我们表达他的
水泥　他的声音推举他的员工
产值　偶尔也涉及管理　我们紧跟上
董事长的心底之音　那一刻
他头顶上那顶安全帽的橘红色
正与阿克苏的太阳争夺光辉
强烈的吸引　我们倾听与随从
围着厂区转悠　这还不够

上楼　并且坐下　为了让那些故乡来人
继续倾听　深入他们的生产领域
和各个层面　可是我禁不住还是要问
那冒烟的大烟囱去了哪儿？窗外管道收紧它的路
消失的烟　只有蓝天的抱负和责任
才能拒绝和消除那些污染和有害物
和员工们一起交谈　该有多么开心
我们喜欢读书　更喜欢读天基这天地间的大书
用心灵歌唱不可替代的水泥　在大戈壁的包围中
谁能拥有如此深沉而浩大的勇气
我们来这里　如同回到家乡　找到了
西域的亲戚　好久没有见面的老亲戚
我们只能用看不见的笔把你们传播出去
延伸的桥梁和灯火闪烁的新城正在你们手中形成

雕刻家

刘亚博

在皱纹里
雕刻时光
从黄沙飞扬的沙漠
到大唐的宫殿
所有爱情故事的留恋
全在这风里

这是木扎特古道的风
它夹杂有往事的声音

库都鲁克大峡谷
淅淅沥沥的每一场雨
都在抚摸着这沟壑里的所有影像
从沧桑的胡须
到回眸时那柔情的面纱
和海市蜃楼里的往事
历历在目

唇印的温度还在
沙子上的泪痕还在

我在峡谷中的城堡
品读着王的故事

虽然雕刻家
已经很累了
但是还在继续打磨着
库都鲁克的故事
用万里春风

巩乃斯河的黄昏　　陈根增/摄

巴楚之秋　　陈根增/摄

朝思夕语

——赠杨建民兄

刘亚博

西域风晴多浪河
光阴流丝寒意切
天山冰封万丈高
却有雪莲笑东风

白水城中月牙弯
细闻驼铃萧萧声
读兄思语泪难弹
只将情义化春风

时　差

刘亚博

小时候
我在铁路的那头
远方在铁路的这头

长大了
我在铁路的这头
童年在铁路的那头

繁华　　　　陈根增/摄

赠陈兄有感

——值 70 周年国庆

刘亚博

天山巍巍云中耸
基石坚磐深千尺
红色江山万里红
举庆繁荣和昌盛

云端　　　　陈根增/摄

秋游西域

陈根增[1]

大漠雪山胡杨
水鸟湿地老房
古城天基工匠
夕阳如血
秋游人乐无疆

巴楚胡杨　　陈根增/摄

① 陈根增，笔名老根，自由摄影人，河南省老年摄影学会常务副会长，河南省诗歌学会顾问。

天基水泥

阿　娉[①]

这是阿克苏的一个企业
这是河南人的一个企业

一条条公路从这里延伸
一座座高楼从这里起步
一架架桥梁从这里汇合
一种精神在这里生根发芽

十几年坚守理想
扎根广阔大地
为建设美丽新疆呕心沥血
为新疆的河南人扬眉吐气

① 阿娉，原名王文平，曾用笔名阿平。作品散见《绿风》《星星》《天津诗人》《大河诗刊》《河南诗人》《奔流》《国家诗歌地理》《大观诗歌》《党的生活》《妇女生活》《青年导报》《河南日报》《郑州日报》《大河报》《驻马店日报》《南阳日报》《开封日报》《焦作日报》等报刊杂志，多次获全国诗歌散文征文奖。有作品收入《爱情自白——全国青年爱情诗选》《全国女大学生心态散文选》《八一诗选》《2015 年河南文学作品选·诗歌卷》《2016 年河南文学作品选·诗歌卷》《2016 年中国年度散文诗》《2017 年中国散文诗精选》《2018 年河南文学作品选·诗歌卷》等书中。出版诗集《花语》。

诗观：以花为媒，因诗而生。

你是天山脚下的一株格桑花
你是大漠里的一片胡杨林
你为阿克苏倾情开放
你为阿克苏傲然站立

我看见红旗翻卷
我听见石头碎裂
我看见初生的朝阳在大漠滚动
我看见一座座城市披上七色的华彩

创造财富
回报社会
还有多少这样的陈红举
还有多少这样的河南人
在阿克苏，在新疆
把青春燃烧把理想放飞

天山之南
大地之基
一个名词流动
诗意的天桥
将中原腹地和美丽西域
紧紧相连

今日霜降

阿　娉

今天，阳历十月二十四
今天，阴历九月二十六
重叠在一个日子
准确地降生
如你新鲜的啼哭

重要的是
也是二十四节气的霜降
一切甜蜜的事物，步履匆匆
朝着你，奔涌而来
葡萄、西瓜、大枣、哈密瓜
糖心苹果也从今天起，收购蜜糖
封存一生一世的情意

阿克苏
这里，目光辽阔
胡杨林金黄拓展
58 岁，因此而年轻，而奔放
今天我不但是你手心里的苹果
也是你鞭下温柔的小羊

天马　　　　陈根增/摄

慕萨莱思

阿　娉

这西域的葡萄酿出的酒
剔除了酸涩
更多的甜里还有红枣香
你说，红枣只是我的幻觉

其实
隔着高脚杯
你的脸
就是一枚熟透的红枣
你给我的甜蜜和热情
让阿克苏的太阳久久不落
黑夜迟迟不敢迈步
生怕惊扰了辽阔的喜悦

一滴鸽子血
开出无边无际的花朵

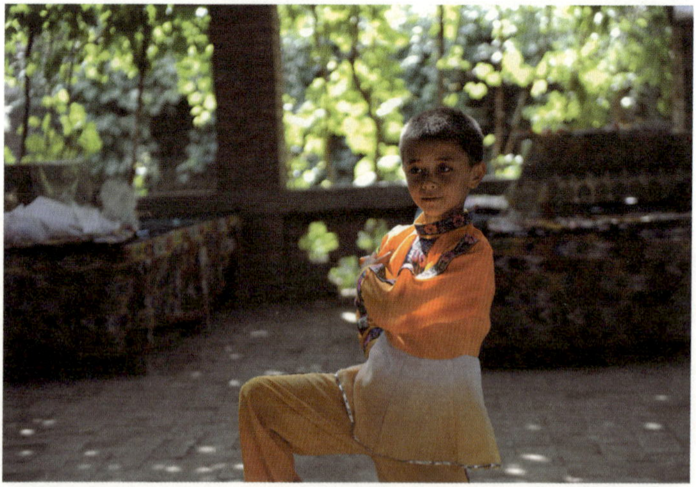

天真少年　　陈根增/摄

三五九旅是模范

阿　娉

在阿拉尔市
三五九旅屯垦纪念馆
以金字塔的外形
钢铁的本色
刺破天空

一队人马
一手握枪
一手执镐
从井冈山
从南泥湾
到达天山南北
“寓兵于农，助戈同建功
屯垦戍边，家国山河梦”
塔河两岸一夜春风
茫茫戈壁绿色荡漾

清凌凌的渠水
流过千年干涸的稻田
充盈中华儿女每一个开拓的日子
一望无际的棉花白

大巴扎　　　　　　陈根增/摄

温暖幸福炎黄子孙的心窝
阿拉尔就是风暴中心
席卷大江南北的知青
去大漠，去大漠

这里涌现塔河五姑娘
这里成就塔河五勇士
风追着沙
沙赶着风
他们，流血，流汗，不流泪
他们，弯腰，弓身，不低头
一切为了祖国
一切为了人民
屡创奇迹
打破了亘古的寂静

塔河流淌
浸润着甘甜的记忆
每一块田地
都被装进历史的书页
每一个故事
都被后来人反复传诵
不忘初心，牢记使命
支边援疆，再创辉煌
我看到
成串的葡萄酿成了酒
颗颗大枣灌满了蜜
苹果一个个红了脸
稻穗沉沉笑语低
美丽富饶的大新疆啊
丝绸之路上的一颗明珠
在新中国成立的七十周年里
焕发出更加夺目的光芒

胡杨，谁的爱情

阿　娉

千年的等待
千年的坚守
托克拉克[①]
把爱情描绘成天堂的模样

所有的风沙都是温柔的考验
所有的盐碱都是执着的丈量
少一厘米的降雨啊
便把根再深扎一尺

紧紧地抓住大地
6500 万年的初心
在一千年里辉煌
唯一的色彩

我的爱
我们的三十年
不及千年风里的一粒沙

① 托克拉克，维吾尔语中对胡杨的称呼，意为“最美丽的树”，是第三世纪遗留植物，已有 6500 万年以上的历史。

沙丘胡杨　　　　陈根增/摄

是落入大漠尘土里的一声唏嘘

不要覆盖我跋涉的足迹
也不要用一朵花来诱惑我
在有限的水滴里
熊熊燃烧成你浪漫的城池

金色
将唯一的赤诚种下
将赤诚的血肉复活
将钢筋的骨架撑起
将我全部的热烈裸露给你

如果风沙吹疼了你的眼
不要流泪

如果骆驼刺扯碎了你的青衫
不要回头
在遇见我之前
亲爱的，你不要喊渴

塔克拉玛干
用它生生不息的辽阔之爱
将你一生的缺憾
统统治愈

等候　　　　陈根增/摄

胡杨海螺　　　　陈根增/摄

胡杨海螺

阿　娉

这人间的结
用几千年的风沙去淘洗
直到空洞，以海螺的匍匐

听到涛声
听到金戈铁马
听到风，掀翻万里沙漠

然后，杯盏的声音
冬不拉如山泉奔涌
黑葡萄在丛林闪烁

彼此拥抱欢呼
你的脸一闪而过
一半为水，一半为火

胸怀如大漠，似大海
情如纹理，密密织了二千年
千年不倒，万年不朽

胡杨海螺，日夜歌唱
在诗人的案头

阿克苏

阿　娉

阿克苏很小
藏在一颗糖心苹果里
进入它的脏腑之地
才明白它的大
穿过茫茫的戈壁才可以抵达
千年古镇喀什
在未弄明白国际与世界谁大之前
迷失在去往沙雅胡杨林的途中
那人迹罕至的原生态林带
紧紧抓住河流的衣襟
随着水的意志在沙漠里翻滚
每一个落脚的地方
都是胡杨尽情舞蹈的舞台
我确信
这些沙漠里的精灵
偷去了太阳毕生的积蓄
半遮面的头巾都是金黄
天落入水中
美人跌进镜中
整个天地都是辽阔的蓝
与黄金拥抱

归来　　　　陈根增/摄

棉花口径一致
胸怀坦荡
一望无际地铺设纯洁的友谊
让哑口的雪退居遥远的祁连山的山顶

我突然明白
莫高窟的壁画上为什么画着飞天
那是人类的羞愧
也是我们踏上这片神奇的土地
唯一的向往

沙漠—沉睡

耿占春

砾石与细沙的空间
无限地重复，直至困倦
原始物质的无梦沉睡
酷热、单调、浩瀚
可见的无限，心醉神迷时
转换为没有神名的教义
而一切都在趋向于极端
像盐生植物，节省枝繁叶茂
适度就类似于激进，唯有
农业偏向中庸，在灼热中
碎石再次碎裂。高温榨干石头
蒸发最后一微克水分
正午的阳光砸向戈壁
砾石在碎裂中弹跳
因荒无人烟而神圣，沙漠
人迹罕至，通向绝对

无痕　　　　　　陈根增/摄

沙漠：一或多

耿占春

在彻夜的风暴后，黎明
静谧的沙漠，留下潺潺波纹
细微的涟漪，仍在起伏
如舒展欲望的身体
在正午的沙沙声里，连绵的
沙山悄然改变再次游走的曲线
沙漠是一，沙漠是多
沙漠是一和多的诡秘聚合
它是一盘散沙
它是聚沙成山
一支游牧大军攻城略地
沙漠是完美至没有缝隙的群体
每一粒沙却都在自由无际地漂移
任何古老的祭祀都难以驯服
无名神兽，一个可见的精灵
在正午的光中，沙漠呼喊
几乎绝望地，模仿着昔日的瀚海

准格尔的阳光　　　　陈根增/摄

沙漠—戈壁：工业的隐私

耿占春

戈壁的盐渍上，红柳、沙枣
和梭梭，砾石和岩石纪的符号
在沙漠腹地，黄昏的胡杨林
衰落的中亚史诗里忧伤的章节
在冰川与森林极度退化之地
盐生植物发出生命最后的唇齿音
而在它们下面，石油喷发
史前植物积蓄原始火的语言
煤炭和天然气，吐出工业社会
最初的词语，像启示录的火焰
加剧极地轮回的荒凉。
暗藏的
能量穿越地下电缆或管道
输入另一种极乐世界。
西域
是工业时代的隐私，而沿海
则是它明亮的面孔。这是
一部现代工业社会的变形记
加速西域的侵蚀风化，它阴郁的
生产力，支撑现世一派繁华

驼铃　　陈根增/摄

遗梦　　　　　　刘亚博/摄

沙漠之书插页

耿占春

一泓雪山之水，一片绿洲
戈壁沙漠中抒情的段落
维吾尔人把家园叫作巴格
是的，花园
短暂完美的尘世
像优美的插页，在沙漠之书里
巴格有花木盛放和瓜果的夏天
沙漠只有温度的酷热与奇寒
沙漠是永恒的教义，包围着
瞬息的尘世，脆弱的花园
就像一首诗，或一个神谕
在一些并不简单的渴望上加密

沙漠—麻扎

耿占春

沙漠边缘，一座麻扎
是一片蔽日浓荫
一座圣人墓地
是戈壁的一片绿洲
十一世纪喀什噶里麻扎

守护绿洲的中心
一道永不枯竭的涌泉
浇灌着信仰的葡萄
的确，我是一个不知道
该信仰什么，却又想
信点什么的人，唯愿圣者
宽恕凡人的犹疑
唯愿他的信徒知道
异教徒凝望着不朽的符号
感念圣人成为符号前如葡萄
柔软的心饱尝的苦痛
如何在沙漠中成为
佑护生命的浓荫

禾木之晨　　陈根增/摄

沙漠，一个僧人

耿占春

他的羊皮纸卷化成了烟
从劫难中醒来的僧人
他的牛皮纸卷变成了风
吹丢了神名、教派和教义
在呛鼻的烟雾之间
他只记得曾是一个僧人
散尽了烟的沙漠季风里
一个行脚僧寻找他的寺庙
跟一颗苦难的心相比
路过的寺院都显得狭小
当他步入沙漠深处
发现它就是无边的庙宇
他的仪轨是忍受饥渴
寻找清泉是他的教义
受苦是他回想起的神名
那唯一者的形象是一阵风

可可托海的天空　　　　陈根增/摄

沙漠的脸

耿占春

或许你并非命中
读懂沙漠的人
你在和田人的脸上
恍然看见沙漠
灼热忽而，冷漠
绝对，哀伤
如木卡姆追赶
狂草疾书的沙漠音节
先知和沙漠
互为镜像，在内心辨认
每一粒沙的教义
如占星师，凝望夜空
他接受河水
断流，接受胡杨枯死
拒绝不坚毅的草丛
从沙原钻出
纯粹，是唯一的尺度
如沙漠玫瑰
他接受唯一的水
是圣者的泪

巴里坤的烽火台　　陈根增/摄

沙漠之书后记

耿占春

沙与石，在自我重复中
复制了无限。时间停顿
在每一可见的物质符号上
铭刻着沉寂的永恒
苏巴什遗址的断垣残壁
窗洞、佛龛、烛台
和夕照的阴影中
远遁的神留下累累伤痕
时间随之在这里终结
死亡也终止了腐朽
一个冷却的天堂
在沙漠深处的断简残篇上

阿克苏

萍　子

阿克苏是白色的
白色的阿克苏
在塔里木河的沙滩上闪着白光
在阿克苏河的清波上漾着细浪
在百千条天山冰川间昭示生命之源
在托木尔峰七千多米的高度闪耀神光
在苹果花、梨花的春天摇曳起舞
在塔克拉玛干沙漠的夏天恣肆汪洋
在秋日的棉田铺展无边无际洁白的温暖
在戈壁雪原在千年胡杨林白描西域的雄奇苍茫
我爱阿克苏的白
以及她纯洁底色上缤纷的色彩
爱每一位母亲的微笑、每一位父亲的慈祥
每一位孩童天真的眼神、天使的面庞

阿克苏是甜蜜的
甜蜜的阿克苏
带着苹果的甜，梨子的甜
红枣的甜，白杏的甜
葡萄的甜，鲜核桃的甜
馕饼的甜，稻米的甜

天山雪水的甜，沙漠绿洲的甜
带着各种瓜果美味的甜
在我的怀想中回甘
在我的梦境中流连
如果有人对我说出甜蜜的话
我理解为：阿克苏人的心
比棉花还要柔软，比蜜糖还要甜

塔里木河的彼岸　　陈根增/摄

阿克苏的棉花田　　　　陈根增/摄

在阿克苏，看见雪白的棉花田

萍　子

冬天到来之前
棉花为大地披上厚实的绒毯
一张一张又一张
一层一层又一层
像母亲在夜里
为孩子一次次掖好被子
从来不知疲倦
田里摘花的人
个个都像我的母亲
我的泪眼无法擦干

在阿克苏
看见辽阔的棉花田
我后悔没带母亲来过这里
她是那么热爱土地和庄稼
看电视上别人在新疆摘棉
她曾经羡慕地说
我也可以去摘花
母亲，此刻您一定看见了
新疆的棉花田，望不到边的
喜人的棉花田

Chapter

第8篇

楼兰无痕

陈根增/摄

红云染红了天空
我牵着马儿回古城
美丽的孔雀河旁
我看见了美丽的姑娘祖丽胡玛尔

陈根增/摄

焉　耆

孔祥敬

晚霞
抹红了天边
擦亮那顶移动的礼拜帽

由远而近
眼珠，闪亮
山羊胡须，飞舞

语音，随博斯腾湖荡漾
“你们从河南来的吧
听说现在变化很大
年轻时我去过
郑州、开封、洛阳……”

提着行李下车的中原客
围拢过来
一问一答
聊天，合影

背景里的霞光
燃烧了花儿广场

美神开始降临
在场的话几乎让时间弄丢了

但丢不了好客的焉耆
闪烁的诗眼
山羊胡须上的意象
一双力量
和温热的手

陈根增/摄

博斯腾湖

孔祥敬

路过
差一点错过
你从高速飞驰的地图
投来西域之眼

缘分镶嵌一湖碧波
开都河
远衔天山
芦苇摇飞候鸟

在金沙滩头白鹭洲
写下一个传说：
小伙博斯腾
少女尕亚
他们相爱的泪水
汇成今天的湖

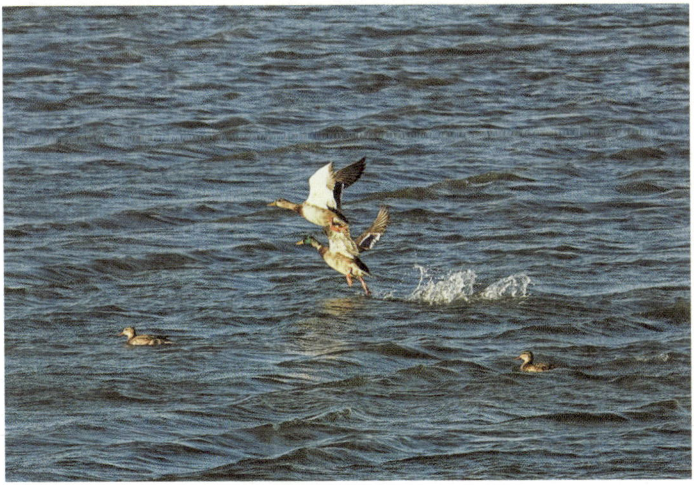

额尔齐斯河　　陈根增/摄

美酒般的祖丽胡玛尔

刘亚博

红云染红了天空
我牵着马儿回古城
美丽的孔雀河旁
我看见了美丽的姑娘祖丽胡玛尔
她的笑脸像朵花
美丽的微笑很醉人

听话的马儿呀
清澈的孔雀河水好清凉呀
牧场的青草很油旺呀

让我多看看
这美丽的天空
这美丽的白云
这美丽的祖丽胡玛尔

她的眼睛像泉水
清澈得像那古城的美酒

美丽的祖丽胡玛尔呀
天空的雄鹰在作证

美丽的孔雀河在作证
是你的眼神醉了我

美丽的祖丽胡玛尔呀
你可知道
你的眼神
是这草原最美的美酒
就那一眼
我已深醉
像那红云
染红了我的脸

千回西域场景　　　　陈根增/摄

阿伊莎

刘亚博

一阵黄沙
在眼前略过

驼铃声
时近时远

是来自故城的驼队
还是寻找故城的驼队

沙
依然
阵阵作响
打在脸上　身上
仿佛　我看到了
阿依莎
她的回眸
依然
那么动人　迷人

楼兰啊
你可知道

我的苦苦追寻

阿伊莎啊
你可知道
我的不停追寻

追寻那大漠美丽的黄昏
那袅袅的炊烟
和你那迷人的舞姿
那么动人

千回西域场景　　　　陈根增/摄

沙在飞

刘亚博

梦里多少黄沙在飞
那情注定是抹不去的烙印
心底里的记忆
是活下去的唯一动力

仿佛
我已醉了千年
那些往事却在梦醒如初
驼铃的声音
还那么始终如一

多少黄沙在梦里飞
千年弹指间
灰飞烟灭
唯有
唯有你在心间

这世界
黄沙时时吹起
你的回眸和那美丽的面纱

是我泪珠里的记忆
是我泪珠里的记忆
那美丽的面纱和动人的回眸

深邃　　　　陈根增/摄

遇见　　刘亚博/摄

虞美人·楼兰古丽

杨建民

心驰神依无缘到
千年舞娇娆
只怨东风羞落红
花容月貌转瞬尽成空
繁华云集何日再
时移境易改
青冢玉殒魂未休
已作香尘飞天唱神州

渔家傲·罗布观涛

杨建民

极目难断沙海边
层层叠浪涌眼前
苍茫万里波云烟
欲吞天
敬畏轰然起心田

行人静默少指点
冥冥顿觉渺可怜
造物毁物还惜物
问河汉
何吝一滴赐人间

戏台　　陈根增/摄

在焉耆，或感伤的旅行

耿占春

当你走近博斯腾，走进那拉提
必须忘掉早年所见的乌伦古
或喀拉峻，必须忘掉门票这回事
忘掉资本和商品，假装回归自然

反正谁也不能把商标贴到
每片白云上；假装你热爱的
一切如昨日那样无辜。山坡上
没有计价的一棵树，比你还孤独

博斯腾像一个赝品，湖岸修筑
结石的堤坝，填埋湿地建起游乐场
否则如何让他们快乐呢？

在焉耆，在尕吉尔旅馆门前
一个矮个子亮眼睛的老人趋步前来
就像他遇到了熟人。如今想起焉耆
不是博斯腾而是一双澄澈的眼睛

完美诠释了耄耋好礼。既然你
见到艾尼瓦尔，就不要去想见不到

帕尔哈提。但愿他们能够
原谅，这种时候还有心漫游西域

牧人　　　　　　陈根增/摄

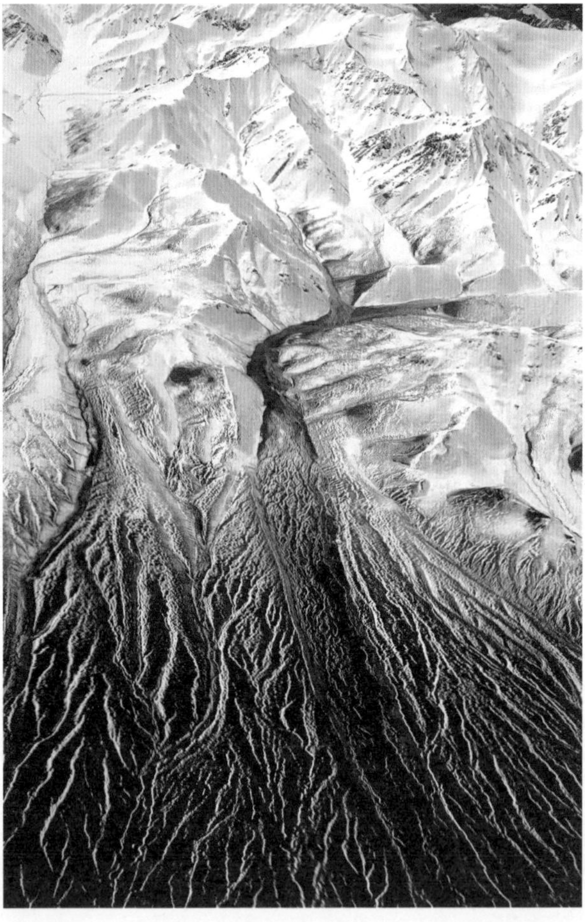

印痕　　　　　　陈根增/摄

Chapter 第9篇

吐鲁番往事

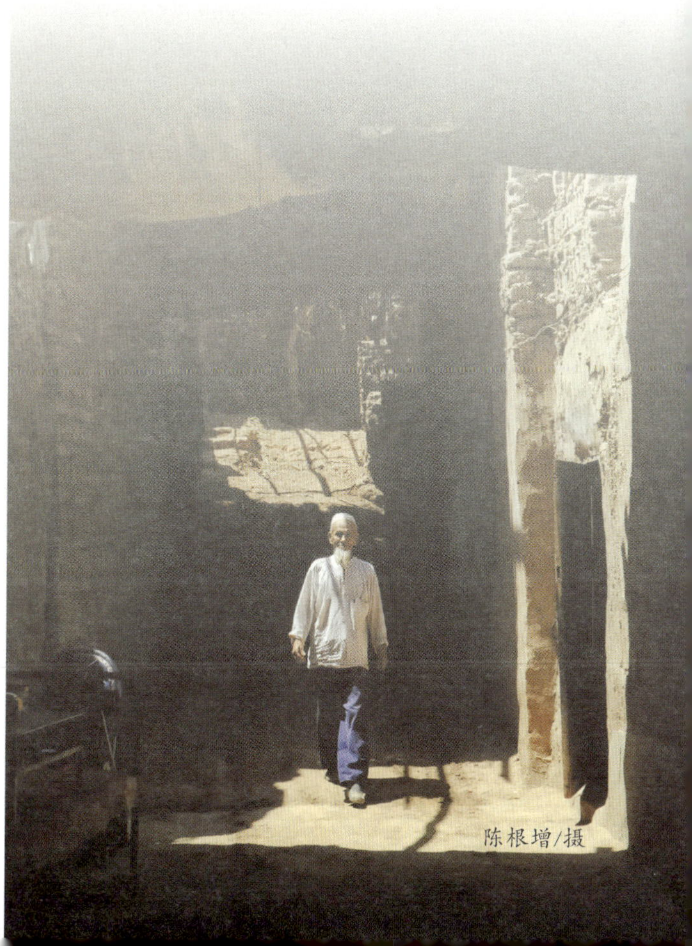

陈根增/摄

你的音乐里的诗
与火
与水
那样火热和
川流不息

陈根增/摄

葡萄架下的巴郎子　　陈根增/摄

葡萄沟

孔祥敬

一座火山
一条冰河
酿出一道深沟的酸甜

诗的想象
贵妃，等待挑选
马奶子，等候品尝

垂涎勾住眼皮
心欲触摸
刚抬手
“艾泼/克楞”（请原谅）
绿叶边站着少女
燃烧的眼神儿
捉住游人的目光

欲望，相遇
无语的瞬间
抛向吐鲁番的葡萄枝头

交河故城

孔祥敬

交河之门　　陈根增/摄

两千多年
谁把死去活来的你
扔入这片荒漠

挖掘的车师人
把雕塑
锲入雅尔湖谷

街巷纵横竖折撇
勾起马蹄上的节奏
兵刃下凄凉的风
吐诉哀伤

昼夜卷走时光
残阳穿透庙宇颓垣
不见回鹘盘旋
塔群旁
墓里尸骨碎响

谁知其殇

触摸官署文件
竹简绢纸
留下满目白墙

沉沙岸
沧桑复苍凉

这荒漠的遗产
人类该笑还是该哭

朝自然挥一挥手
把笔尖竖在交河口
捞起桃红梨白葡萄绿
裁剪新气象

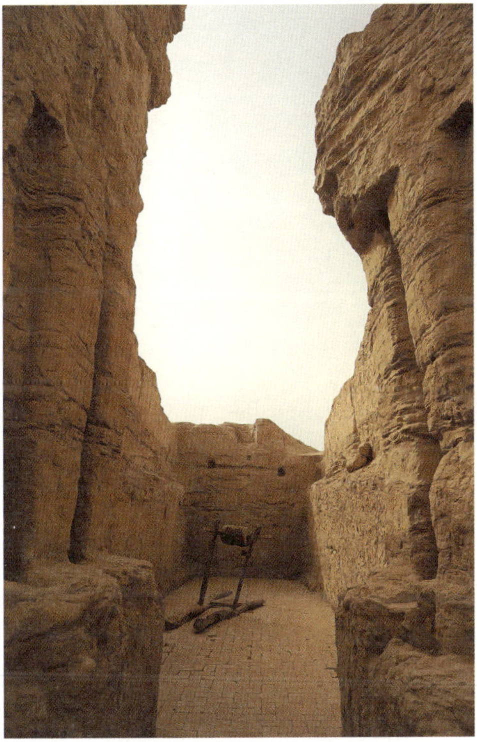

故城　　　　陈根增/摄

葡萄沟一带

邓万鹏

七月是葡萄架的肋拱　伴着
绿叶与光斑的晃动
明晃晃的马奶子　悬垂
到处是吸引　用不完的眼睛
某些包不住的蜜　三点钟
阳光依然炽烈　脚移动
额头　汗珠　里拉琴与冬不拉
咬紧手鼓的节奏　附近全是坎儿井
流水的低语　混合外地人　音乐弥漫
着迷的游览　买买提的小帽
歪了　或许他是故意的　否则
就不能表达内心的旋风
是什么不得了的心情
让两撇小胡髭或微微向左翘起
或微微向右翘起　月牙的嘴角
高挑着忍不住的好消息？

好客的族群　从来喜欢这样跳舞
一首歌已说出来　阿依古丽
旋风　旋风过后　她刚刚稳住
一条水蛇腰　天山脚下

谁升高了梯子　女仙伸出右手
采摘西风　月亮的托盘
同时升起　有人连续切开　哈密瓜
烤肉从火苗上拿下　滴着香油
一盘拉条提醒的饥饿　想吞吃
一个黄金小男孩儿　一头挤进人堆
入围的男孩　跟着抬起头
他的脖子被蜇了　屏住一圈的呼吸
行注目礼　快看达瓦孜！英雄
以古老的勇敢触摸天空
那片只属于山鹰的深蓝　也属于
雪山　胡杨和尸体　黄昏沉寂的星

吐鲁番的明月　　　　陈根增/摄

去吐鲁番

邓万鹏

火云谷　火州接连向后闪去
那些数不清的黄色　黑色的灰色山
矮了高　高又矮下去　沿着这唯一
的下坡　入盆地　你居然是
一口天空的大锅　架在火焰山上
拷问小车如何能跑出平底　旋转胶皮味儿
青蛙太远了？此刻我想起了青蛙
在坎儿井的前方？或流水那里？
它正对着我们　吞吃公路　几乎飞起来
的一条公路　依然是无人区　连一棵树
也被拒绝　一蓬骆驼刺　一只鸟也通不过回忆
而阳光像个失常的妇人　我的天！
到处披散黄头发　火上浇火　一肚子火气
烧完群山又烧戈壁　废轮胎躺在路边
叹息　路边有多少可笑的叹息　有谁知道
现代工业的心焦　连续遭遇无边的反讽
铺排戈壁　小石块全都跳起
又落下　稍微的脱离　落实着你的眼力
这块裂开那块的皱纹　几万年？
它在我们心中模仿和田玉？　司机啊　你不停
谁都忍不住　有人呼喊　我要跳车

古城的角落　　　　　　陈根增/摄

捡石头　欲望的光　抱都抱不住了
还不愿离开　翻飞的左手让给右手　嚯
反正两边都是贪　你这填不满的一些筐
我没夸张（他得到了　那个嗷嗷叫的小面饼）
随身带回内地　为以后充饥
他低语　后悔昨晚的边境线上　竟没拿到
（那个笑嘻嘻的小商贩　缠着他
兜售的那只发红的狼牙）走不出的西域
好的前面总能碰上更好　这到处的意外与惊奇

交河故城　　陈根增/摄

交河故城

邓万鹏

国王躲在哪里
只有亚尔乃子沟
流水的黄昏
只有可笑的废墟
刺眼的废墟
只有地狱
模拟地狱
只有一丛骆驼刺
点缀中央大道
只有围绕的沙粒
寂寞地围绕

只有旅游鞋
移动　跟上热依汗
只有她的嘴
倾吐衙门
只有大寺院

颓废的根基
只有曝光的暗室
讽刺宫殿
只有隐士的衣角
不停止飘移
只有西域的风
吹眼前的尘土
只有她在说话
只有翻花的
嘴唇的导游
手指的生活区
只有生土堆
塌陷黑窟窿
只有远方
收束一排白杨
只有野云推进
汗血马后代
只有低垂的尾巴
摇动　抽打牛虻
只有红肿的落日

交 河

刘亚博

我在这座城，等了你好久好久。

早晨，最圆最圆的太阳升起来的时候，我望着东方大唐的上空，那是太阳升起的地方，我渴望着你的马队到来。

黄昏，我用一壶老酒一把汉琴，把炊烟朝东方送去，只愿你来的路上有我的声音。

现在，千年已去，我仍在故地守候，虽，天已荒，地已老！

交河依然是你的故城！

忆城　　刘亚博/摄

与　诗

——怀念歌王王洛宾

刘亚博

你的音乐里的诗
与火
与水
那样火热
和川流不息

我为了一壶美酒
和歌王
还有一杯咖啡
与诗与音乐

葡萄沟的葡萄熟了
古丽的舞姿
和大碗的酒
而醉人的是歌王的往事
和那遥远的地方

葡萄沟的午后　　陈根增/摄

交河故城遗址游览说明书

耿占春

热依汗说，在两河交错的地方
一艘巨轮似的生土地，他们向下挖
最先，他们挖，圆形洞穴
没有文字记载那些年代的汗水
他们挖，留下干燥的记忆，公元前
塞人的后代继续在生土层向下
挖出两层楼房，热依汗说
这是建筑史上的奇迹。不是盖
而是挖。那挖出的土呢？往上
堆垛出第三层房屋，开出门和窗
挖掘出街道、曲巷、瓮城、暗道
他们挖，官署、民居、作坊、兵营
挖出院落，让房屋透光通风
他们开始信佛教，他们挖出光
几十座寺院、塔林、僧房
挖出佛龛，泥塑和石雕的佛像
他们继续深挖，几十口清澈
水井，让城邦便于防守
他们用剩余的生土烧制陶器
用土陶到河对岸换取食粮
寺院外广场就是贸易的集市
他们说印欧语系的焉耆—龟兹语

交河遗迹　陈根增/摄

交易、防务、挖掘。他们
归属姑车、车师，又改为车师
城里住着回鹘、粟特、匈奴、柔然
鲜卑和汉人。热依汗是维吾尔人
她从容讲述这一段历史
说不清身上流动着多少族裔的血液
在这条丝路重镇里，谁也说不清
你们看，这是唐朝的领事馆
安西都护府灯火辉煌、笙歌燕舞
它一直是遗址，也一再重建生活
攻占和抵抗，直至东察合台汗国
之火让全城屋顶灰飞烟灭
走在断垣残壁的生土林间，似乎
亡灵在灼热的黄土中微微战栗
时隔多年我再来此地，并非迷恋
语焉不详的历史，或宣示权力
而是为着此刻，在夏日黄昏
独自向着虚无的方向凝神

火焰山

海　盈

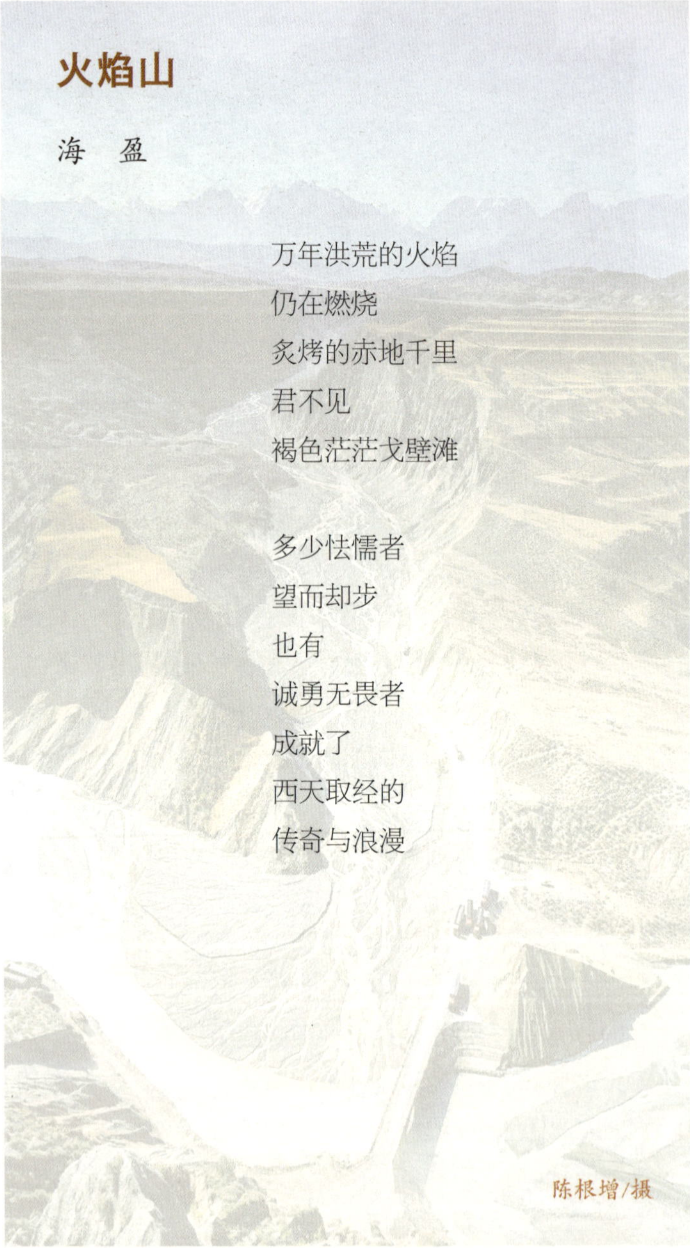

万年洪荒的火焰
仍在燃烧
炙烤的赤地千里
君不见
褐色茫茫戈壁滩

多少怯懦者
望而却步
也有
诚勇无畏者
成就了
西天取经的
传奇与浪漫

陈根增/摄

Chapter 第10篇

克拉玛依的风

陈根增/摄

所有的回眸和柔情
都已离去
大漠里那片海子
却依然晶莹剔透

陈根增/摄

印　痕

刘亚博

风停了
那把剑却锈迹斑斑
寻找
寻觅了很久很久的昨天

乌尔禾的秋天
熟悉的凄凉
只有这把剑
让心中的火
不曾熄灭且熊熊燃烧

所有的回眸和柔情
都已离去
大漠里那片海子
却依然晶莹剔透

不是所有的寻觅都是发现
更多时候
是在回忆
回忆是一种轮回
能回到曾经的轮回

那一刻
滚烫的泪
和你的长发
才能回现
那一刻
我才是自己

我知道
这故城
这脚下
这玛瑙
是你的泪滴
那么那么多年了
静静地遗落在这里
只为了
今天的重逢

吻痕　　刘亚博/摄

魔鬼城之夜　　陈根增/摄

回　归

刘亚博

夜色
悄然而至
如同
悄然无声的日子
一地飘零

西域的海滩
确实遥远了些
听不到
海的声音

我想回归
让那片海
漫过从前
漫过曾经的汐地
漫过我的双眼
漫过灵魂

让灵魂
回归

海与戈壁

刘亚博

白色的浪花
一层层涌上来的时候
思念
也一层层涌上来

当再也没有浪花的时候
记忆却依然
一遍遍
一层层
涌了上来

戈壁滩
是那老了的海滩
苦裂了的皱纹
和被尘封的往事
那么安静
唯风的声音
在呼喊那个有风的季节
桅杆和白色的帆
白浪和风
装有故事的船和斑斓的往昔

海
是醉了的戈壁
任凭记忆的潮涌
泛滥

不要那么随意地猜测
我不是你的故事
而你是我的故事

迟暮　　陈根增/摄

栖息地　　陈根增/摄

第11篇 Chapter

童　话

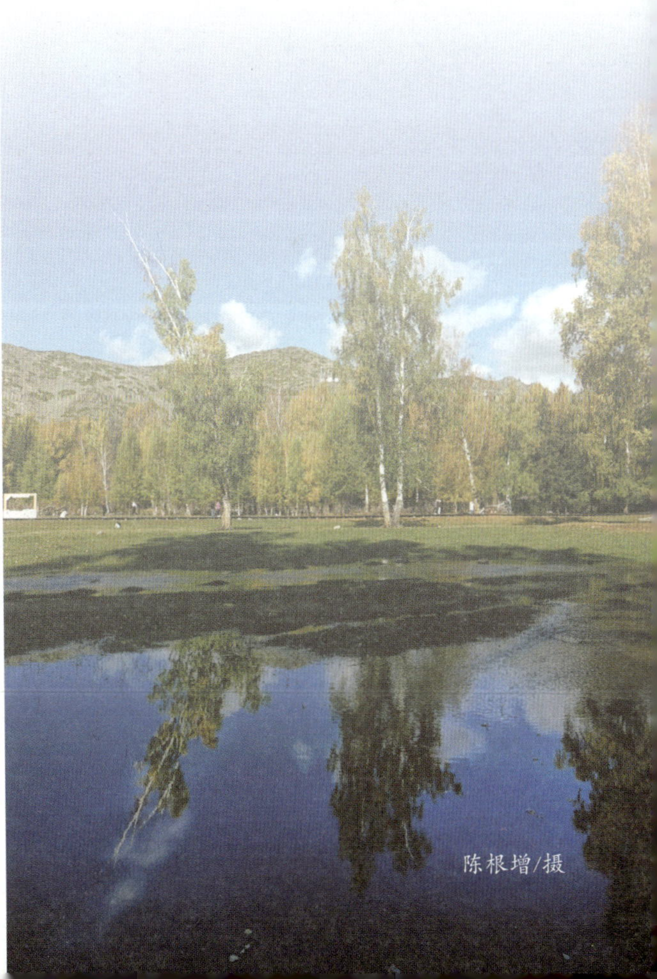

陈根增/摄

缤纷的夜空下
童话里的小木屋
分不清哪一盏灯
让心沉睡

陈根增/摄

影迹　　陈根增/摄

咖啡与雨滴

刘亚博

用岁月酿造的酒
和用时间研磨的拿铁
与雨滴一起
在美丽的台布上
敲打着时光

缤纷的夜空下
童话里的小木屋
分不清哪一盏灯
让心沉睡

远方在咖啡杯里
遥远却在这雨滴里
那只流浪的汤姆
和它的家园
在最美的记忆里

雨滴的世界里
远离故乡
却没有远离童年
让你心碎
和心醉

往　事

刘亚博

往事是一个故事
故事里的风
是一种无法触及的感受
在回忆里
它总有春风般的气息

当回忆爱上往事的时候
却变得那么的痛
不愿意选择坚强
沉浸　愿意沉浸在一种
那么无边无底的
下沉中

后悔拥有记忆
记忆里的爱
如毒药般地侵蚀着
这唯一的灵魂

我不想挣扎
不想
我任下沉　继续

从来　从来
回忆　回忆
回忆　回忆
从来　从来

我不想从来
更不想回忆

如果必须选择
我选择在回忆里老去
像
从来没有来过
一样

白哈巴的秋色　　　　　陈根增/摄

奔腾的喀纳斯河　　陈根增/摄

寻找北冰洋

刘亚博

融化
所有的
冰冷
让泪流成河

所有
蔚蓝的晶莹
亲吻着
只有火与冰的皱纹
那么安静

寻找北冰洋
额尔齐斯的爱
那么勇敢
如此
流淌不息

注定
孤独
却依然如故

可可托海的白桦林　　　　陈根增/摄

白桦林

刘亚博

这个季节
飘落的方向
风从来没有告诉你

这个季节
飘落的舞姿
蓝天告诉了你

有时
飘零也是一种美
那样地旋转
悠扬
独有的气质
划破秋的宁静

你是秋的灵动
带着风雨的味道
摇曳在往事中
安静地
终结
一个季节的繁华

于是
这种安静
是天籁之音的另一种
解释
和风的声音

符　号

刘亚博

你留下的文字
是千年的泪滴
镌刻在断崖上的符号
在那美丽的可可托海
只为了我
今天的到来

似曾熟悉的符号
朦胧中
我望眼欲穿
额尔齐斯河的河水呀
你也看到了吗

你看到了那千年的泪滴
你看到了她的无奈
你看到了今天我的泪水
你看到了我的回悟
你看到了一样的蓝天
你看到了不一样的云朵

轻轻抚摸着冰冷的符号
紧紧拥抱的记忆
似乎再现

那盘旋的雄鹰
似乎是你的灵魂
那遍布满山的宝石
似乎是你美丽的桂冠

但是
我看不见你的舞姿
在那么熟悉的音乐里
再也看不见你迷人的舞步
只看见你的回眸
那么的闪亮动人
在遥远的记忆里

谁说
相逢是离别后的重逢
读懂
便不枉千年的守候
即使

那一天
你焦瘦的身躯化成了山
融入了水
但
你用泪水留下的符号
依然看得懂
我依然看得懂
在泪水中

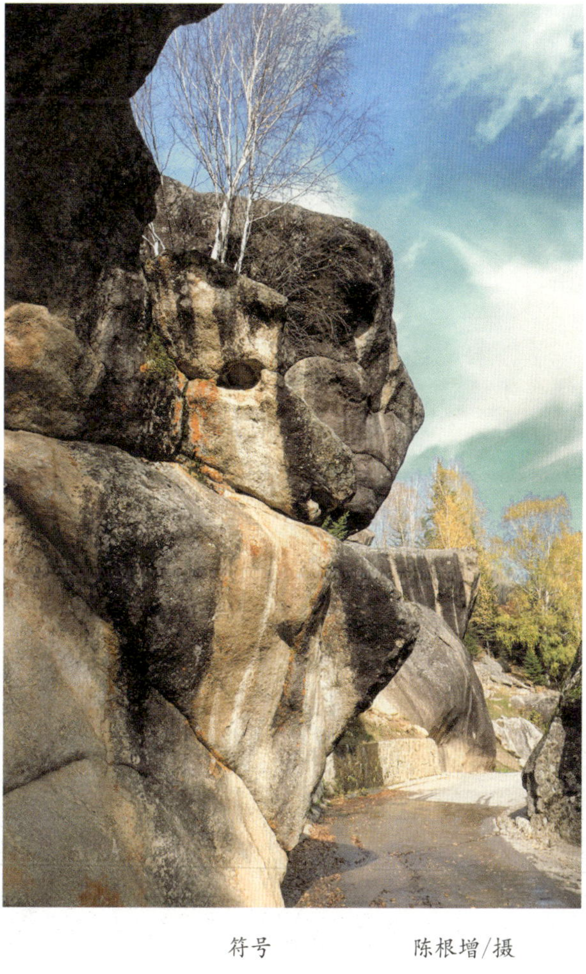

符号　　陈根增/摄

禾木·云思

陈根增

清晨，雨后的禾木村烟雾缭绕，如梦如幻。变幻莫测的云将我的思绪带入云的海洋……

云起龙骧炊烟升，云雾迷蒙似仙境。
云蒸霞蔚舞彩练，云锦天章禾木虹。

云悲海思勿奔涌，云愁雨怨莫悲情。
云霓之望不可过，云心鹤眼永太平。

光影　　陈根增/摄

秋天的云　　　　陈根增/摄

禾木·醉

陈根增

禾木千般秀
难忘是秋晨
山间云雾绕
村头五彩林
木屋披轻纱
炊烟接祥云
待到朝霞起
醉倒画中人

五彩滩静思

陈根增

一河[1]隔两岸，南北不同天。
南滩胡杨舞，北坡彩岩绚。
遥望归流处[2]，冰清天更蓝。
铅华洗尽后，心静天自宽。

五彩滩　　陈根增/摄

① 一河，指额尔齐斯河，它是我国唯一一条流入北冰洋的河流。
② 归流处，指北冰洋。

白哈巴　　　　陈根增/摄

心中的情人——白哈巴

陈根增

为了我的到来
天不亮，你便醒来，忙着梳妆打扮
左手摘下星星云朵，右手扯过彩霞炊烟
顺着熟悉的、S形小路
把远方的晨雾，望穿……
终于，盼来了，盼来了
久违的重逢
近在眼前，忐忑

血液和着泪水一起
涌上笑脸，端详，疑惑，左顾右盼
模样为何没有改变
还像十年前那样，纯朴，自然，热情，友善
只是身材显得些许、丰满……
我一时语塞，任由泪水浸透脸颊
顾不上羞涩，一头扑进久违的怀抱
忘情相拥，情话绵绵，直到晚霞在天际出现
心中一直自语喃喃：
白哈巴，白哈巴，心中的情人，一生的眷恋

月亮湾　　陈根增/摄

月牙泉

海　盈

一

疑是上苍
复制一弯新月
到人间

茫茫沙海中
一汪清碧
甘洌明澈
沁润心田

任烈阳似火
任流沙漫漫
千年不涸如镜
清纯　超然

二

是天宫
遗落的玉佩吗
冰晶玉润
千年万年

驼铃声
丝丝缕缕
携着
丝路旧事密码

漫天黄沙
从不忍
冒犯脱俗仙质
沙山环抱蔚蓝

驼铃声
从时光深处漾来
月牙印水
处子般璀璨

陈根增/摄

喀纳斯之秋　　陈根增/摄

喀纳斯

海　盈

一

静如处子
冷艳万年
七彩缤纷，疑是
补天的采石遗落人间
绿草如茵
湖水碧蓝

雪峰洁白
神秘幽远
仙境出尘
像块原始的璞玉
如梦如幻
恍惚身在桃源

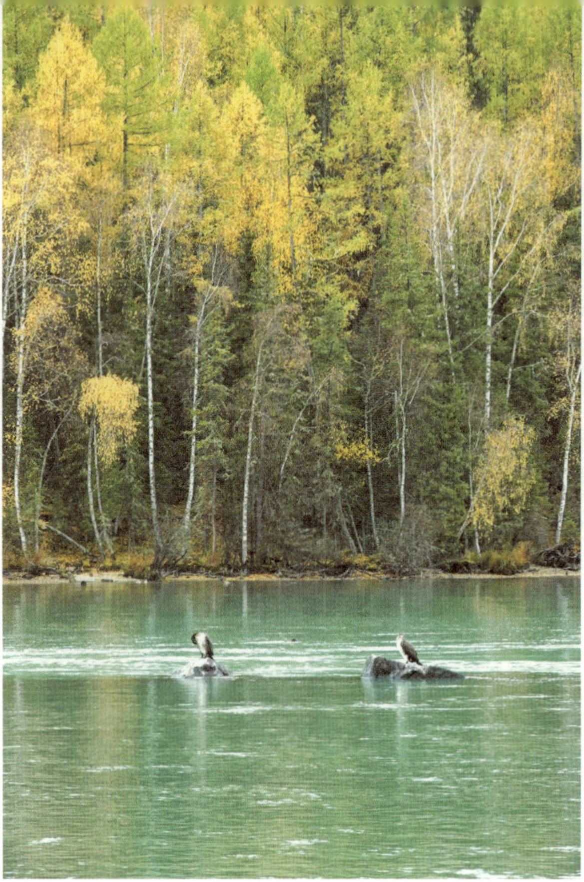

秋波　　陈根增/摄

二

木屋，村落
浮在山间空谷

饮烟，袅袅着
图瓦人的烟火气
蝴蝶般飞舞，黄叶
飘自深秋
白云。新鲜的空气

小河，石桥
牧马人，草场，马群
恍惚，梦中
似曾见过

神的后花园啊
和谐中生生不息

第12篇

Chapter

麦　田

陈根增/摄

自从那一天
路过美丽的木垒县
遇见那金色的麦田
看见了梵高的爱情

陈根增/摄

木垒河之歌

孔祥敬

马蹄在色皮口子窖中铿锵
自由的牛羊
畅饮西域流淌的琼浆
漂亮的姑娘
环绕远方的客人歌唱
那飘飘的雪花
酿出了奶香
那悠悠的云朵
变成了毡房
天空的木垒蓝
染醉心爱的河床
这里是养育恩情的地方

太阳在平顶山头上飞翔
怒放的油菜花
打开金黄芬芳的天堂
英俊的小伙
搂抱远方的兄弟歌唱
那静静的胡杨
倒映出忧伤

那净净的鹰嘴豆
吐露着衷肠
大地的木垒绿
铺盖美丽的山岗
这里是生长浪漫的地方

木垒河的冬天　　　　陈根增/摄

木垒麦田　　陈根增/摄

麦　田

刘亚博

自从那一天
路过美丽的木垒县
遇见那金色的麦田
看见了梵高的爱情

自从那一天
路过美丽的毡房
遇见漂亮的哈萨克姑娘
我读懂了含羞的回眸

自从那一天
我的心和雪鹰一起飞翔
飞过雪山下的牧场
去寻找那甜甜的笑靥

蓝天下的麦田
麦田远处的白云
视线里的炊烟
心底里的姑娘

自从那一天
离开了美丽的木垒县
麦田变成了梵高的那幅画

自从那一天
远离了那金色的麦田
那美丽的回眸却还在那里张望

说什么遇不见天长地久
那一眸的深情
让谁心动
说什么听不到山盟海誓的诺言
那一眸的深情
让谁心醉

木垒麦田　　陈根增/摄

云的影子

刘亚博

我记得
天空的那片云朵
还有它的影子
在我的心里

我记得
天空的那片云朵
还有它的影子
在妈妈的心里

有时候
我在想
我是那朵云
妈妈是那片影子
因为
不论云朵怎么飘动
这片影子都会跟着飘动

有时候
我在想
妈妈是那朵云

云彩　　　　　　陈根增/摄

而我是那片影子
因为
不管云朵怎么飘动
这片影子也是跟着飘动

但是
有时候
我害怕
妈妈是那云朵
有一天　她跑远了
跑得很远很远
我再也找不到她
而那时
我就成了
一片一直寻找云朵的影子了

巴里坤的云朵

刘亚博

这个季节
来巴里坤看云朵

那云朵
有的在天空中
蓝色的天空中

有的在山坡上
绿色的山坡上

看不清
哪些是羊群
哪些是云朵

袅袅炊烟　　陈根增/摄

悟

刘亚博

一只麋鹿
它的名字叫萝莉
镌刻在
达布勒哈特的岩石上
永恒的印痕
阿勒泰山脉
那一眸回首
已是千年之后

我注视
这时空里的柔情
脉脉的晶莹
再次滋润
这干枯了的记忆

心邃深处的
疼痛的记忆再现
狩猎者的箭
穿越了所有的回忆
在您的泪水中
终结

那一刻
我读懂您的眸子
您的心愿
是我成为那终结的狩猎者

镜影　陈根增/摄

月　光

刘亚博

深秋的风
划着一叶小舟
海水那么的蔚蓝

月亮
沉到了海里
犹如
大海掉进了天空

空中那么明净

梦和记忆
悲伤地编织着日子
绚丽的色差
绘画着汗水
泪水那么剔透

赛里木湖的郁金香　　刘亚博/摄

晨雾　　陈根增/摄

十　月

刘亚博

月光
点燃了
这座城的灯

街道的拐角
驿站里
弥漫着雪山归来的气息
杯酒
繁华了夜色

笑声
凝固了往事

谁都知道
明天
炊烟远处
是遥远了的驼铃
而遥望驼铃的
是十月寂静的夜色

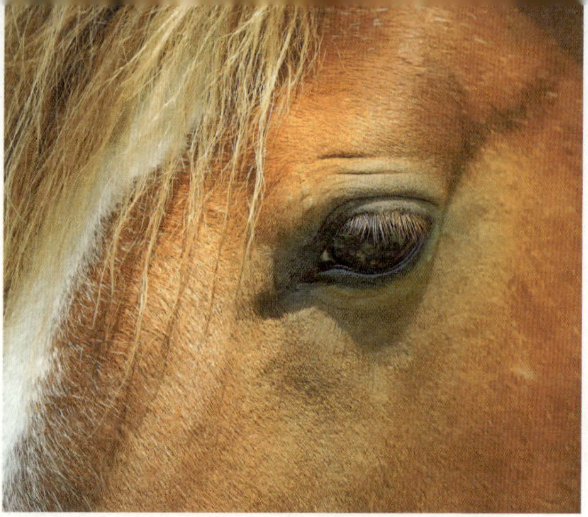

记忆　　　　陈根增/摄

麋　鹿

刘亚博

与时空对话
复活了的记忆
深藏在大漠的深处
只有夜幕降临的时候
我才遇见
这心跳的时刻

我不敢流泪
怕心碎的咸味
再一次
枯竭了
这大漠的绿洲

安静地等候
最后的一丝夕阳散去
夜色
是最安静的陪伴
你的影子
没有言语
是最心痛的遇见

胡杨颂

陈根增

一生躬耕大漠中，虬枝高擎破苍穹。
屹立千年终不悔，任尔沙暴干寒风。
驼铃声碎漫长空，羌笛幽咽思乡情。
金戈铁马今安在，唯有胡杨真英雄。

绚丽的生命　　陈根增/摄

暗影　　　　陈根增/摄

胡杨仙

陈根增

胡杨神树大漠边，历经磨难四千年。
吃尽世间万般苦，练就神功终成仙。

胡杨神

陈根增

经风历雨涤灵魂，风吹日晒淬炼深。
大漠深处静守候，千年胡杨化作神。

胡杨神　　　　陈根增/摄

舞动的黄昏　　陈根增/摄

心　愿

陈根增

如果有来生
我愿做一棵胡杨
根
深扎大漠
头
仰望星空
高擎臂膀
傲视苍穹
不惧极寒干渴
阻挡飞沙狂风
忠于职守
不忘初衷
三千年
六千年
九千年
……
心无旁骛
直到永恒

援疆在路上

陈启琛[①]

阵阵火车轰鸣声，两行铁轨向远方。
无暇顾忌家漏水，毅然决然奔新疆。
妻子儿子心中怨，只为大家舍小家。
援疆路上多辛苦，对口援疆显忠诚。
戍边固疆勇担当，牢记使命谋发展。
心系群众促和谐，民族团结一家亲。
一带一路大潮涌，援疆干部竞风流。

依存　　　　　　　陈根增/摄

① 陈启琛，河南省光山县人，全国第八批河南援疆干部，现任河南省事业单位登记事务中心主任。2013年至2017年间，积极响应党中央号召，来到新疆哈密地区，开始为期三年多的援疆生活。诗作散见于《新疆日报》《新丝路》等报刊杂志。

国旗下 陈根增/摄

援疆三周年记

陈启琛

对口援疆 国家战略
党的号召 积极响应
光荣使命 勇于担当
阳春三月 草长莺飞
河南干部 飞奔哈密
牢记重托 兴疆守边
奋战一年 成绩斐然
全面援疆 亮点纷呈

产业援疆 惠及民生
就业援疆 增岗增收
人才援疆 提升素质
教育援疆 培训英才
医疗援疆 造福群众
文化援疆 精神引领
旅游援疆 风生水起
精准援疆 真情实干

社会稳定 长治久安
援疆干部 牢记心间
严打暴恐 抵制极端
艰苦奋斗 无私奉献
豫哈携手 哈密巨变
经济繁荣 民生改善
社会和谐 民族团结
人民富裕 安居乐业

民族团结幸福花

陈启琛

中华民族一家亲
兄弟齐心利断金
华夏文明千秋史
民族团结幸福花

分裂势力千夫指
宗教极端万人唾
团结统一是基石
严惩暴恐顺民意

全国人民一盘棋
对口援疆谱新篇
豫新携手惠民生
团结协作促发展

中华儿女多壮志
各族人民齐奋斗
文明富裕促稳定
安居乐业享太平

哈萨克族兄弟卡买力·哈斯木汉

陈启琛

热情好客卡买力
最高礼节待宾客
尽情弹奏冬不拉
歌声悠扬荡气肠

畅谈赴豫学习好
盛赞河南援疆情
汉哈兄弟同欢唱
共谱团结进步曲

民族融合一家亲
互帮互助情谊深
社会稳定促和谐
长治久安固边疆

哈密暮春行记

陈启琛

天山四月天，春光无限好。
忽遇风雪寒，昏天沙尘暴。
南北两重天，路人行路难。
盼天转晴好，早日忙春耕。

母亲的叮嘱　　陈根增/摄

阳光下　　陈根增/摄

光与影　　陈根增/摄

观回王府有感

陈启琛

回王府前，抚古追今。
遥想当年，九世回王。
固守新疆，维护一统。
农牧生产，民族融合。
平定叛乱，屡建奇功。
悠悠岁月，已成往昔。
今朝哈密，翻天覆地。
社会主义，枝繁叶茂。
改革开放，振奋人心。
经济发展，社会和谐。
民族团结，安居乐业。
豫新合作，成就辉煌。

天山　　陈根增/摄

十三师河南考察行记

陈启琛

豫新情缘一线牵
兵团亲人赴中原
援疆前指促此行
河南四市喜迎宾

行政服务便利民
公共资源交易难
唯有公平公正好
彰显政府公信力

革命圣地竹沟魂
南街红色亿元村
中铁盾构誉全球
郑欧班列铺丝路

传经送宝互启发
取长补短同提高
思想碰撞现火花
兵地交流情谊浓

大美天山

陈启琛

中华文明西域花
大美天山幸福开
曾经沧海难为水
除却天山不是云

山高水长万物生
经年冰雪甘泉源
天山松雪风云涌
雪莲花开美名传

新疆儿女多勤劳
情洒荒漠变绿洲
良田牧草牛羊欢
麦浪油菜游人醉

云雾之间　　陈根增/摄

怀念新疆

萍　子

刚刚离开
便开始怀念
仿佛天山南北是我的故园
何尝不是这样
在这片亲切的土地上
我的身心是那样舒展

我是你戈壁的红柳
高山的雪莲
沙漠的绿洲
草原的清泉
我是你茂密的森林
深邃的湖泊
奔腾的河流
洁白的冰川

我青春的梦想
曾离你那样近
在人生的第一个十字路口
库尔勒　毫无保留地接纳我
给我远行的勇气和终生的温暖

巴音郭楞　博斯腾　孔雀河
美妙的音节如同甘露
至今仍滋润着我的心田

再见　亲爱的朋友
再见　美丽的天山
我会回来
回到魂牵梦绕的家园

克拉玛依的油田　　陈根增/摄

第13篇 Chapter

古 城

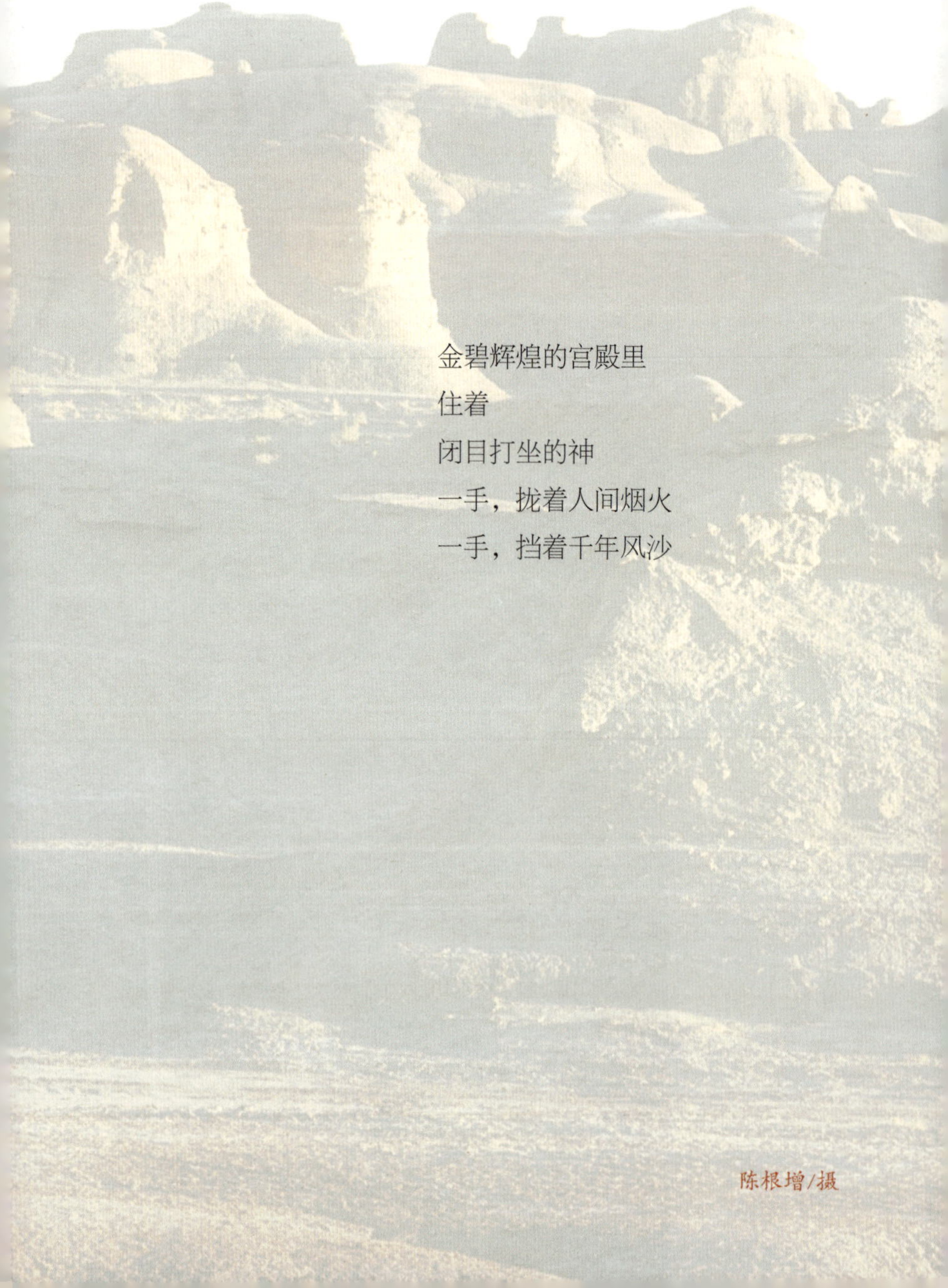

金碧辉煌的宫殿里
住着
闭目打坐的神
一手，拢着人间烟火
一手，挡着千年风沙

陈根增/摄

大巴扎一角

孔祥敬

这是地道的圣地
每个摊位
站着一位神医

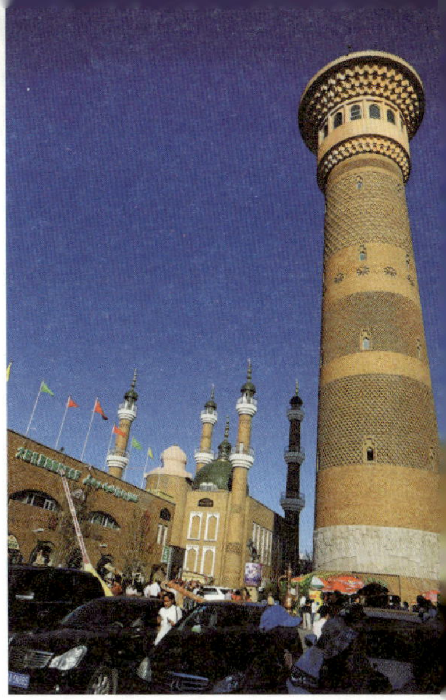
乌鲁木齐大巴扎　陈根增/摄

不用问也不用切脉
只要你进来
那药一定能对症

辛夷花，鼻炎克星
朱砂莲，养胃大王
沙漠绿萝花，糖尿病克星
野生罗布麻，降压降脂
辣木籽，降火排毒

玛卡　枸杞子　玫瑰花　风流果
肉苁蓉　鹿鞭片　肾树宝
冬虫夏草　天山冰梅
野生雪莲　高寒雪菊

这些长的　短的
方的　圆的

粗的　细的
西域特产

这些黑的　白的
黄的　紫的　红的
蓝的高原色彩

上苍已经眼花缭乱
一个上午过去
这才想起一件大事
给孙子、孙女捎的礼物
忘得一干二净

多亏随行的万鹏兄弟
帮忙挑选了两件
维吾尔族童衫
两顶瓜皮帽

兴冲冲从大巴扎跑出来
披一身西域的风

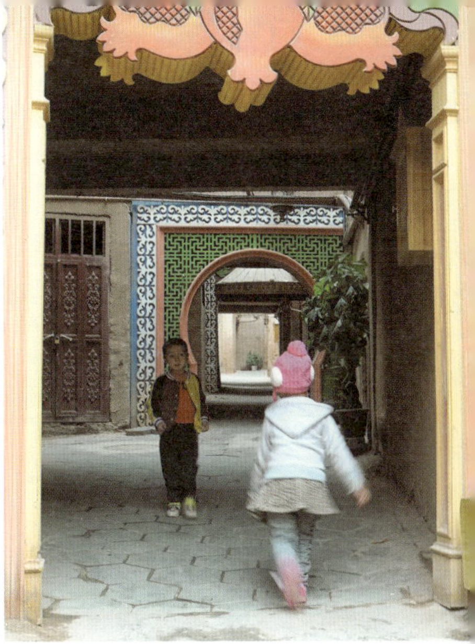

古城里的孩子　　陈根增/摄

遇　见

刘亚博

在古城
用一个下午的游历
寻找遇见

穿梭过
能穿梭和不能穿梭的
街景
这是未来的往事
熙熙攘攘
平淡的孤单

遇见
一帘回眸
或一缕炊烟
那么　格外重要

想想
唐僧
路过的
往事
也是一种回味

于是
遇见一杯咖啡
搅动了往事
也溶解了回忆

喀什古城

陈根增

一城傲立瀚海中，万顷黄沙共簇拥。
古城风韵今犹在，处处尽显民族情。
改革开放添新风，千年王冠换新容。
民族团结举大旗，带路复兴再扬名。

喀什古城　　陈根增/摄

叮　咛

陈根增

每到喀什古城
总是步履匆匆
像风一样飘然而至
又像云一样飘忽无踪

慢下来吧
心中一再叮咛
我要一个人漫步街头
仔细端详古城的尊容
我惊叹
每一座建筑都是那么古朴厚重
每一条古巷都充满民族风情
每个人的步履都是那么轻缓坚定
每一张脸都是那么安逸从容

停下来吧
心中一再叮咛
我要用心尝一尝新出炉的馕饼
品一品特酿奶茶的香浓
看一看制陶工匠传世的手艺
听一听铁锤敲打铜壶的韵律

古城之夜　　陈根增/摄

坐下来吧
心中一再叮咛
我要在斑驳的砖阶前
让思绪沿着丝路前行
寻觅张骞的足迹
聆听班超的驼铃
闻一闻香妃的沙枣花香
看一看徐公左公广植的榆柳青青

住下来吧
心中一再叮咛
明天我要沿着“一带一路”前行
作为中西文化交流的使者

投身到共建“人类命运共同体”的伟业中

胡　杨

阿　娉

金碧辉煌的宫殿里
住着
闭目打坐的神
一手，拢着人间烟火
一手，挡着千年风沙

陈根增/摄

古城里的时光绣　　　　陈根增/摄

喀什古城

阿　娉

从停车场处入古城
直接就到了居民区
一条街就是一条花廊
绳索一样拴住我们的目光
门口、窗台都是频频问候的笑脸
爬墙虎爬上了美丽花纹的黄土墙
老人妇女带着儿童安然闲坐
清澈眼底里荡着幸福的星光
每一分钟都在心里开出花朵
每一步都有驼铃在歌唱

拐进帽子一条街
新疆小花帽飞到中原诗人的头上
胡杨烟斗疙疙瘩瘩叙述身世
木头篮子，回忆胡杨搏斗风沙的一生
冬不拉一遍遍传唱千年的爱情
远方来的客人齐踏达卜的节奏

一条街就是一条河
溯流而上
我与远古的胡人
呼朋唤友
我与你
眉目传情

美食街灯火通明
又大又圆新疆的馕
烤肉店不只有羊肉串
水果摊也不尽是哈密瓜
艾提尕尔清真寺还未寻到
高台民居尚没露出真容
已是夜半

有人醉
有人痴
有人不愿归

大漠落日　　陈根增/摄

巴楚胡杨

阿　娉

巴楚的胡杨
年轻、新鲜、纯粹
身处秋天的身体
长出春天的爱情

湖水如镜
拓出岸上的风景
照见我深藏的秘密
我用夏日长裙追逐午后的风

让金色的箭矢
射中我干渴的皮肤
把我百年的肉身
交给你千年的爱情

在西域
你是风儿
我是沙

你是河流
我是胡杨

在喀什，向一头骆驼忏悔

萍　子

一群人在啃你的蹄子
就着酒和喧嚣的烟尘
我想跪下来向你忏悔
找不到一片干净的沙子
闪烁的霓虹

勾勒炫目的蜃楼海市
沙漠在人心深处
我不能抵达你
唯有站在一堆骨头旁
向你久久低头合十

古城的灯　　陈根增/摄

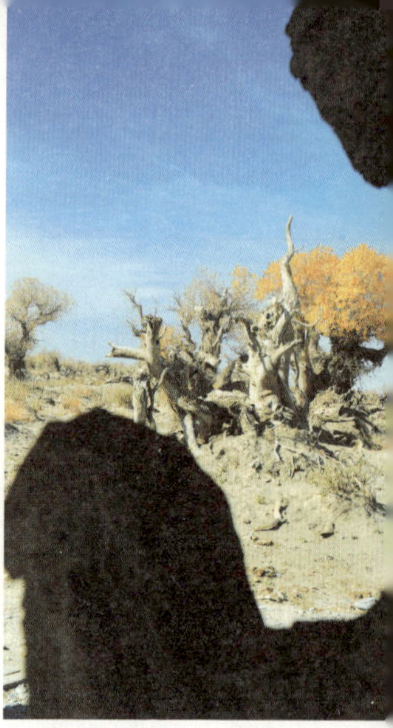

不朽的胡杨　陈根增/摄

秋日胡杨

萍　子

为什么要这样热烈地告别
很快，你金黄的叶子就要凋谢
除了风沙、冰雪、酷寒
还能见到什么？你无处躲藏
没有人再来拜访你、赞美你
争先恐后与你合影
英雄的胡杨树啊
终将被人遗忘

为什么要如此灿烂地绽放
你秋日的容颜比春花更辉煌
托克拉克——最美的树
你说：只是为了感恩大地
感恩雨水、河流、阳光
如果这样能让你欢喜
我愿意一千次回到这里
一千次为塔克拉玛干披上盛装

沙漠红柳[①]

萍　子

“菩萨柳头甘露水
能令一滴遍十方”
在浩瀚无垠的沙漠
蓦然看到灿若云霞的红柳
不由得感叹：诚哉斯言

红柳
以粉红的花朵为苍茫梳妆
以鲜绿的叶子为荒凉还魂
以柔韧的枝条与狂风讲和
以顽强的根系为流沙定心

噢，岁月的风霜多么尖利
我已啃不动秋天的苹果
时光的寒意如此彻骨
我已不敢涉足三月的河水
而你，百岁的你
一年开三次花

① 红柳，学名柽柳，又名观音柳，是我国西部戈壁沙漠里最常见的植物之一。

结无数果
不用问这是为什么
唯有慈悲
唯有坚忍
唯有一颗菩萨的心

枯树与鸟　　陈根增/摄

湖与飞鸟　　　　陈根增/摄

在沙漠边缘，不敢轻易洗澡

萍　子

比起千年不死的胡杨
人类的生命太过短促
比起顽强的柽柳、骆驼刺
人类的生命太过娇弱
比起骆驼、牛羊
人们付出的太少
比起河流、泉水
人们索取的太多
在塔克拉玛干沙漠边缘
我深刻认识到
人是多么自私
我不敢轻易洗澡
怕浪费宝贵的水
也怕荒漠承担不了我的罪恶

宁静的喀纳斯河　　陈根增/摄

第14篇 Chapter

繁　华

敲一下
就能听到大漠风沙
铁马冰河
和西域的
心跳

陈根增/摄

西域：抱一部《山海经》在那里等我

（组诗）

张鲜明[①]

我知道是谁派你来的

一只虎
一条龙
钻在鸡肝那么大的一块石头里
在三公河边的鹅卵石堆里
蹦跳着
朝我招手

当我捡起这块石头的时候
满河激溅的雪水
哗哗地
在笑，又在哭

① 张鲜明，1962年生，河南省邓州市人，河南省作家协会副主席、河南省诗歌学会会长，现供职于《河南日报》报业集团。在《诗刊》《十月》《大家》《星星》《中国摄影》等各类期刊发表大量文学作品和摄影作品，出版诗集《梦中庄园》《诗说中原》，报告文学集《排场人生》、摄影集《空之像》、散文集《寐语》。曾获第二届中国济南当代国际摄影双年展最佳摄影奖、第二十三届中国摄影艺术大展优秀作品奖、天津市第十八届全国孙犁散文奖一等奖、中原诗歌突出贡献奖、河南省优秀文艺成果奖。

涓涓的溪流　　　　陈根增/摄

石头啊，我知道
你抱着一部《山海经》在这里等我
我知道是谁派你来的
我知道你等了有多久
唉，别说了
找个没人的地方
我好好地读你
把你读得稀烂——
把龙读回天上，把虎读回山间

至于读后感嘛
我会在梦里悄悄地
说给博格达峰
和天池

让我变成这泪水里的一条鱼

赛里木湖啊
人们都说你是一滴眼泪
如果是
那么，此刻我就坐在
一滴眼泪的旁边

赛里木湖　　刘亚博/摄

如此的湛蓝和浩瀚
只能是从天的眼眶里
掉下来的
天啊，你看到了什么?

让我变成这泪水里的一条鱼吧
哪怕是一枚瞳仁状的鹅卵石也行
我要透过这莹莹的泪眼
看看天上到底有什么

即使什么都没有看见
至少表明
天与地
在上演一幕爱情剧——
泪眼望泪眼

宝马　　　　陈根增/摄

于是我努力地瞪大眼睛

当那七匹深色的马
出现在
伊犁河的沙洲上的时候
天蓝着
天幕的尺寸正合适
水绿着
河流刚好在拐弯
草青着
草甸子已经摊开自己的花毯
河边上的几棵树
摆出了只有树才能摆出的姿势
连远处的山影
也像浪花那样在阳光下荡漾
一幅画
就这样完成了

不知道那些马
是替谁来为这幅画题款的
但我知道
我的眼睑是画框
于是我努力地瞪大眼睛
生怕这幅画
从我眼里掉下去

很想跟雪山打声招呼

很想跟雪山打声招呼
毕竟相伴了这么多天
天天见面
不打声招呼，实在不礼貌
可是每一次，当我正待张口
总是看见
这白发褐衣的老人
在打坐
就不好意思打扰他

初雪　　陈根增/摄

算了，我知道他在做梦
就只是在心里向他问一声好
我还想顺便问一句：
“你的梦里，
是否会有我的影子？”

雪山什么也不说——
他依然在打坐

哈哈，是我想多了
就譬如我，会记住某一粒
从我眼前飘过的尘埃吗？
所以，我不怪他

月亮湾的牛群　　　　陈根增/摄

草地上长出一匹马

在巴音布鲁克
我看见
草地上慢慢地长出了一匹马
猛一看，就像是花丛里
长出了一朵棕红色的蘑菇

没那么简单——
你看
马背上还有一个人呢
人的背后还有一群羊呢
羊背上驮着一片瓦蓝的天呢
天捧着一朵一朵懒洋洋的云呢
云的头顶
还有一座一座
庙宇一样的雪峰呢

可见，那匹马的出现
构成了一个事件

吓得天空一连倒退了三步

温宿大峡谷
多大的一座城——
楼宇擎天
街道驰骋
数不清的雕塑
是排山倒海的英雄
那气势
吓得天空
一连倒退了三步

不知道谁是这城的设计师
但我知道
那条已经解散的河流
曾经是这城建工程的承包方和施工队
我甚至认识这里的居民——
无穷无尽的沙子，奔向天边的鹅卵石
还有芨芨草、骆驼刺、红柳、合头草、小苞瓦松
虽然鹰不来
其他鸟儿也不来
但是游客还是不少的
其中包括——
醉汉一样到处乱窜的风

飘来荡去没有正形的云
偶尔来散散步的雨
冒充舞蹈家的雪花
而固定的常客
当然是太阳、月亮和星星

谁说这里没有一点声息？
你听
沙子开花的声音

温宿大峡谷　　陈根增/摄

拽着它就能牵出一连串的东西

独库公路是一根绳子
拽着它
就能牵出一连串的东西——
成群的雪山、蹦跳的河流、静静的湖泊
沿着山坡流淌的草原、挂在山上的森林
羞怯的毡房、冒充云朵的牛羊
在镇子上飘荡的炊烟
这样拽下去
自然就会牵出——
比白还要白的

天路　　陈根增/摄

云
以及比瓦蓝还要瓦蓝的
比大还要大的
天幕

停下，快停下
这样拽下去
我们何时才能返回人间？

神木，神木

这里的树
都疯了

疯了好啊
疯了
树就忘记了自己是树
就忘记了年岁，忘记了死

晨光　　陈根增/摄

就可以不管不顾地
活着，把自己活成推翻石头的石头，活成射向天空的泉水
活成绿色的泥土，活成生长的大地
活成挺拔的怪物，活成摇曳的精灵
活成妖
活成神

对此，托木尔峰是默许的
甚至悄悄地派流沙河前来
在风中大喊三声：
神木，神木，神木

多彩的世界　　陈根增/摄

一部分雪山爬到葡萄里去了

到了吐鲁番，我才知道
雪山
是大地白色的乳房
葡萄
把嘴巴伸得老长老长——
比葡萄藤还长，跟渠水一般长
于是，一部分雪山
就爬到葡萄里去了

爬上葡萄的雪山
虽说依然保持着水滴的形状
却已经不能再叫它水了
巧言令色的鸟儿
用尖尖的语调大声说：
太阳，太阳，
最甜最甜的
太阳！

那拉提在一圈一圈地荡漾

以身边这座白色毡房为圆心
那拉提
在一圈一圈地
荡漾

离我最近的
当然是花和草，还有阿娜古丽
她大约五六岁
从毡房背后突然跑出来
躲在哥哥身后
偷偷地看了我和我的同伴们一眼
捂着嘴，羞怯地笑着
跑开了
然后紧跟那只花蝴蝶
围着我们打转转
她的哥哥跟我们说着话
她的奶奶一声不吭
眯缝着眼睛在生火
蓝色的炊烟
香香的
像是在跟我们打招呼

戈壁滩上的盘羊　　陈根增/摄

十米开外，或者更远一点
是牛、马和羊
没数清它们的数目
反正是一群一群的
或站或卧或吃草或望天
不知道它们在想什么
但我们知道那个中年男子的想法
想让我们骑骑他牵着的那匹高大的红棕马
这大概也是马的想法
它朝我们昂起头
打了个响鼻
它一定认得我们手中的照相机

第三圈
就该是那清凌凌的小河

没听清它在咕哝什么
却把那一带的花草逗得
浑身发抖
花草们一口气跑出去很远很远
一直跑上山坡去
似乎要躲到雪山背后

第四圈
当然就是雪山了
雪山把自己当作一幅画挂在蓝天上
它觉得这是它应该做的
于是就谦逊而安静地
站在那里
就像景区的服务人员那样

不知道接下来的一圈一圈该怎样描述
也许该说说那条
跟天空一样明亮的公路
还有公路要去的那个镇子
最后，我还想顺便说一句这里的气味
野花和青草的味道
就不用说了
我要强调的是——
连牛粪
也是香的

南疆行（组诗）

吴元成[1]

飞越祁连山想起岑参

舷窗下，白云、白雪
鹰的足印，抓疼了峡谷
70 多年前，一队人马
用草鞋丈量过西征的雪峰

机翼掠过塔克拉玛干沙漠
轮台就藏在那无边的沙尘里
1260 年前的南阳人岑参
是否还在凝望风卷红旗

① 吴元成，河南省淅川县盛湾镇分水岭人，现居郑州。系中国作家协会会员、中国散文学会员、河南省诗歌学会执行会长、河南省网络文学学会副会长。出版诗集、文集九部，曾获杜甫文学奖、河南省“五个一工程奖”图书奖、河南省第六届文学艺术成果优秀奖、中原诗歌突出贡献奖等荣誉。

阿里木

去喀什先在西克尔吃午餐
见阿里木之前先见鹤壁老丁
因为老丁正给阿里木翻修新屋
阿里木先要拆掉葡萄架
让爱人和甜蜜暂居相框
而我与阿里木的手
握在了一起

他的汉语和维吾尔语
一样流利，和屋檐下的葡萄干
一样甜蜜

远眺雪山　　陈根增/摄

喀什古城

购馕一，朵帕一
购烟斗一，胡杨木贯通烽火与炊烟
维吾尔族兄弟憨厚朴实
维吾尔族姐妹美艳动人
刚下学的少年任我拍照

邓兄说，你们走吧
我要住下来
孔哥说，今晚一醉
勿言归

不售门票的景区
只收藏《塞下曲》

巴楚胡杨

生于斯，长于斯，不朽于斯
色如金，干如铁

敲一下
就能听到大漠风沙
铁马冰河
和西域的
心跳

倒映　　陈根增/摄

守候的烽火台　　　　陈根增/摄

阿拉尔 359 旅农垦纪念馆

铸剑为犁的人
让枪炮成了橱窗里的文物
让启浪水库碧波荡漾
让稻田上的鸟群歌舞
让棉田里的棉花温暖了九月

这些从井冈山上下来的
从南泥湾走过来的
穿过河西走廊的
翻过火焰山的
人啊

去沙雅竟到库车东

要去胡杨公园
过了新和检查站迷失方向
向东，向东，向库车东

玄奘的龟兹啊
你西行
我向东

影像　　陈根增/摄

沙雅胡杨林

巴楚的胡杨是窈窕淑女
沙雅的胡杨是粗犷汉子
一汪碧水倒映黑的、白的羽翼
金黄的晨光照亮千年不朽的爱

这就是见证
33 年前我写《让我们去大漠》
今日才顶礼膜拜

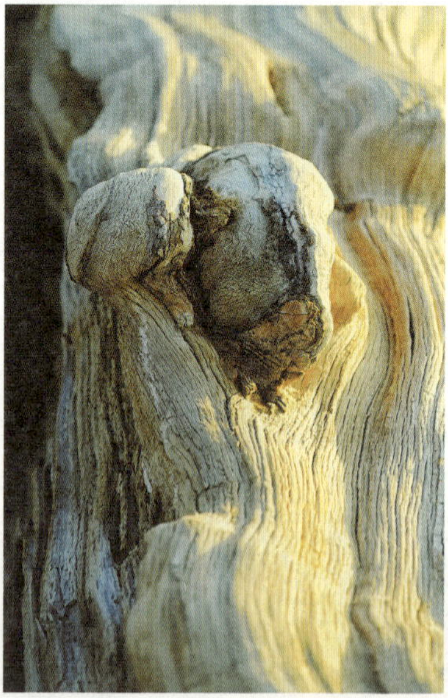

岁月　　　　陈根增/摄

旧马灯

大漠深处
马已远去
你的汗血宝马啊

只留下一盏灯
一座羊圈
一行驼铃
一句再见

陈根增/摄

两次品尝慕萨莱思

慕萨莱思
慕萨莱思

第一次是和陈红举先生
创业在阿克苏的河南禹州人
第二次是和吉利力·海利力先生
阿克苏的维吾尔族诗人
一个语速慢，一个语速疾

但都是慕萨莱思的味道
甘甜，有后劲儿
可羡慕之
可思恋之

慕萨莱思
慕萨莱思

汉译为沉醉、迷醉的
也可译为忠贞的爱
而吉利力·海利力
就是崇高的友谊

访新疆天基水泥并赠陈红举先生

我来南疆爱无疆
一入白水见辉煌
茫茫戈壁何所举
猎猎红旗丝路长

（2019 年 10 月 23—25 日于阿克苏，27 日改于郑州）

天基厂区　　　　　　陈根增/摄

巴里坤的古城楼　　陈根增/摄

蝶恋花·兰新高铁

杨建民

祥云徐开享春风
皑皑雪山
摄瑞化白龙
驻足眺望气若虹
倏忽飞入天际中

百看虔诚荡心胸
圣洁哈达
和泪举长空
谁人造就旷世功?
“一带一路”惊苍穹